Saki

When William Came

A Story of London under the Hohenzollerns

# ウィリアムが来た時

ホーエンツォレルン家に支配されたロンドンの物語

サキ

深町悟 訳

国書刊行会

# ウィリアムが来た時✠目次

**主な登場人物**

ヨービル（ミューレー・ヨービル）
三十代くらいの裕福な青年

シシリー（シシリー・ヨービル）
ヨービルの妻

＊

ロニー・ストアー
ピアノの才能がある美形の青年

ゴーラ・マスターフォード
グレイマーテン伯爵家出身の若い女性

トニー・ルートン
人気歌手になった二十歳の青年

シャーレム夫人（グレース・シャーレム）
ロンドンの社交界の重要人物

フラム医師
ヨービルの友人

レオナード・ピザビー
文筆家として注目を浴びる男性

ジョーン・マードル
噂好きの四十歳の女性

クワル卿（フリッツ・クワル）
ドイツ人の政治家

トブ伯爵夫人
ロンドン社交界の中心にいるドイツ人貴族

エレノア・グレイマーテン
グレイマーテン伯爵家の女主人でゴーラの祖母

ガーベルローツ中尉
騎兵連隊所属でトブ伯爵夫人の友人

ヒューバート・ハールトン
ヨービルの知人の青年

ケリック夫人
英国から熱帯地方に一家で移住した未亡人

コーネリアン・ヴァルピー
社交界の末席に位置する若くてハンサムな男

ラリー・ミードーフィールド
美しいが無知で純朴な青年

# ウィリアムが来た時

## ホーエンツォレルン家に支配されたロンドンの物語

*When William Came : A Story of London under the Hohenzollerns*

# 第一章　鳴鳥と気圧計

シシリー・ヨービルは低い吊り椅子に座り、同じ部屋にいる男と鏡越しの自分の姿を交互に眺めていた。そのどちらの姿も彼女を深く満足させた。自惚れではなく、シシリーは自分自身に対しても、また、他人に対しても正しい審美眼を備えていた。そんな彼女の目にかなう、鏡に映る姿とピアノの前に座る青年は厳しい批評の目に晒しても恥ずかしくないものだったに違いない。どちらかといえば、シシリーは自分の鏡像よりもピアノの演奏者に魅了され、そして、長く見つめていた。なぜなら、シシリーの美しさは生まれつきの、いわば彼女とずっとともにあったものだったが、ロニー・ストアーという美しい青年は彼女が新たに手に入れた楽しみだったからだ。彼女の計画に基づいて、また彼女の趣味によって選別され、収蔵されたものだったのだ。運命は彼女に愛らしい睫毛とすばらしい横顔を与えたが、ロニーはシシリーが自ら得た楽しみだったのだ。

シシリーはずいぶん昔に人生の哲学をまとめ上げ、そして、それを実践する意志を固めていた。彼女は「恋人でさえ、愛が冷めたあとではその愛についてほとんど理解できなくなるものである」というお気に入りの詩人の言葉を持ち出して、「現実主義者でさえ、生きているうちは自分の人生についてほとんど理解できていないものである」と言い換えた。シシリーが知るほとんどの人は、長生きして、人生を楽しみ続けることに尽きない努力と注意を払っている。しかし、一部の、ほんの一部の人たちだけが、人生を楽しむために自分が本当に必要なものを知ろうと、あるいは、必要なものを手に入れる最良の方法を見つけようと知恵を絞る。そしてそれよりもさらに少数の人が、欲しいものを手に入れるという最高の目的のために、全力を尽くそうとするのだった。彼女の人生計画は社会のためになる部分もあったが、だからといって人任せにそれを実現しようとはしなかった。というのは、彼女が何を求めているのかを彼女以上に知る人はいなかったからであり、自分の目標を追求し、自分の求めるものを手に入れるのに適任なのはほかならぬ自分自身だと考えたからである。他人に自分の考えや行動を委ねるというのは、有り余る親切な（たいていは不必要な）施しに感謝し続けなければならなくなるだけである。それは例えば、ある地域で無料の釣り場や鉄道料金の値下げくらいしか求められていない時に、金持ちがその地域に無料の図書館を建てるようなものである。シシリーは自分の欲求や願望について検討し、その実現のための最良の手段を模索した。さらに、その結果を比較検討することで、何が彼女の人生に必要なのか、また、それをどうやって手に入れるのか、という問いへの明確な答えにたどり着いたのだった。彼女は自己中心的な性格の持ち主ではなかったので、人間がひしめき合うこの社会で、周囲への配慮を忘れて優雅で快適に生活できるなどという思い違いをすることはなかった。そして、病的なまでに利他的であることに固執する多くの人たちとは違い、彼女は自然と他者を思いやることに長けていたのだった。

それだけではなく、誠実な人間が機を見て使えば非常に効果的になる武器を彼女は持っていた。それは、人を欺くべき時が分かるという武器であった。野心は彼女の人生に大きな場所を占めるようになり、そして、おそらくは彼女自身が自覚する以上に彼女を支配していた。彼女は無名で終わるという悲運から逃れたいと願ったが、それは自分のやり方とタイミングで成し遂げたいと考えた。所詮、野心に支配されることは、慣習に従って生きることと、それほど違わないのである。

シシリーとロニーがいる客間は、初めから一間として作られたものなのか、それとも複数の間取りにするつもりで作られたのか判断がつかないほどの広さであった。また、この部屋には七月のひときわ暑い日の午後二時でも適度にひんやりしているという優れた点があった。ここにはいくつも小部屋が張り出し、その最も涼しい部屋で、給仕たちは間に合わせのランチテーブルに昼食を用意した。そこにはキャビア、カニとキノコのサラダ、冷製アスパラガスが美味しそうに並べられ、加えて、細い白ワインのボトルと長い足のワイングラスなどがシャーロット・クレム・ローズ*の中から顔をのぞかせていた。

シシリーは立ち上がってピアノへと向かった。つやつやした赤茶色の髪をした青年の頭頂部に指先で軽く触れ「来て」と言った。「私たちはここでピクニック式の昼食をとるのよ。ここは下の階のどの部屋よりも涼しいし、それに、召使いたちがひっきりなしに出入りするのにも煩わされないわ。いい考えでしょ」

ロニーはピクニック式の昼食にタンのサンドイッチとビスケットが出るのかを不安げに確認した後で、その考えに賛同した。

ある人が「ロニーという青年はどんな仕事をしているの」と尋ねたことがあったが、それには「彼にはね、働かなくても食べていける友達がたくさんいるの」という答えが返ってきた。

食事はおごそかな空気の中で始まった。キャビアとそれにかける三種類の唐辛子が用意されたこの昼食には、それなりの敬意を払わなければならなかったのである。

「私の今日の心は鳴鳥《めいちょう》みたいじゃないといけないわ」沈黙のすぐ後でシシリーはそう言った。

「あなたの夫が帰ってくるから？」とロニーは尋ねると、シシリーは頷いた。

「何時の列車に乗ってくるかは分からないけど、あの人は今日の午後に帰ってくることになってるわ。列車で移動するには息の詰まるような日ね」

「それで、あなたの心は鳴鳥のようにさえずっているの？」ロニーは尋ねた。

「それがどの種類の鳴鳥かによるわね」とシシリーは答えた。「もし、どの鳥かを選ぶなら、きっとヤドリギツグミが適当かしら。嵐の中でこそ高らかにさえずるからよ」

ロニーは返事をする前に何本かのアスパラガスを平らげた。

「これから嵐になるの？」ロニーは聞いた。

「この家の気圧計はそう示してるわ」彼女は答えた。「ミューレーはこれまで留守にして

---

＊　**シャーロット・クレム・ローズ**　一九〇五年にドイツ人のローベルト・タールカが交配によって作った薔薇の品種。一九〇八年に初めて英国に輸出された。

いたわ。当然、あの人にとって当惑することがたくさん出てくるはずよ。残念だけど、しばらくは、そのことがとても負担になったり不快だったりすると思うわ」

「僕がいることに反対するっていう意味？」ロニーは尋ねた。

「そんなことは全くないわ」シシリーは言った。「ミューレーはとても懐が広いのよ。それに今の時代を理解しているわ。賢明な人は自分が欲しいものが何かをよく知っていて、それを手に入れる決意が固い、ということの時代のことよ。私は幸せなの。あなたをずっと見つめたり、甘やかしたり、あなたの容姿と音楽をべた褒めしたり、それに、ときどきあなたに恋をしてしまう危機を空想したりするのがね。こういうことが悪いとは思わないわ。それに、ミューレーも同じ意見だと思うの。もっと言えば、あの人があなたをすごく好きになり始めたとしても驚かないわ。それよりも、今ありふれていることがあの人を悩ませたり苛立たせたりしないか心配なの。あの人は私たちとは違って、既成事実《フェ・アコンプリ》*に慣れるだけの時間がなかったのよ。それは、恐ろしいほどふいに打ち寄せてくるはずだわ」

「あの人は戦争が起こった時ロシアのどこかにいたんだよね」とロニーは尋ねた。

「シベリアのどこか人気《ひとけ》のない所だわ。駅や電報が届く場所からはずっと遠く離れた土地で狩猟と鳥類の採集をしてたのよ。そして、何も知らないうちに戦争が終わったわ。意外だったけど、戦争はすぐに終わったのよね。ちょうどその頃ミューレーは帰国するはずだったんだけど、連絡ひとつ無いまま何週間も過ぎたわ。帰国している途中、バルチックかどこかで捕らえられたんじゃないかと本当に心配したわ。でも、実際はどこかの辺境の地でマラリアで倒れてたの。それで、あの人が文明の利器と新聞のある場所に戻る前に、全てのことは終わってたのよ」

「ショックだったろうね」手の込んだサラダに気を取られながらロニーは言った。「でも、彼が帰ってくると、どうしてこの家に嵐が来るの。あの悲劇はあなたのせいじゃないのに」

「それはそうよ」シシリーは答えた。「でもね、あの人は帰国したら、見るもの全てが疎ましく野蛮に感じると思うわ。それに、私たちが苦労してこの変化を渋々受け入れるようになった経緯なんてすぐには理解できないと思うの。それに、例えば、ゴーラ・マスターフォードの初舞台やその他のイベントに私たちが熱を上げていることが理解できないのよ。

---

＊ **既成事実**《フェ・アコンプリ》　覆すことができない既成の事実の意。ここではイギリスがドイツに征服されたという既成事実を指す。

きっと私たちのことをローマが燃えている時に、平気で馬鹿騒ぎしている人間と同類だと思うに違いないわ」

「今回の場合は、ローマは燃えているんじゃなくて、燃え尽きたんだよ。やるべきことは、いつか再建することだけだよ」

「その通りよ。それでもあの人は私たちには再建する姿勢があまり見えないと言うでしょうね」

「でも」ロニーは言い返した。「燃え尽きたばかりなんだよ。ローマは一日にしてならずって言うじゃない。僕たちにローマを一日で作るなんてできないよ」

「分かってるわ」シシリーは答えた。「それでも本当にたくさんの友達、特に、あの人の友達は今回のことをとても悲劇的に受け止めたわ。それで、ロンドンは道徳的に腐敗していると言って、伝染病を避けるかのように、植民地に行ったり、田舎に引きこもったりしてるわ」

「それが何の役に立つっていうんだろうね」とロニーは言った。

「何の役にも立ったりしないわよ。でも、何かやっている気にはなるから、たくさんの人たちがそうしているの。それにあの人もそういう無意味なことをしたくなるに違いないわ。

それで私たちの間に問題や衝突が起こると思うの」

ロニーは肩をすくめた。

「僕だって、意味があると思えば悲劇的に考えるよ」と言った。「でも状況を考えると、今になって慌てても遅すぎるよ。それに、どうしようもないことに対しては諦めるしかないじゃない。それ以外は何をするにも早すぎるよ。とりあえずは、この状況で最善を尽くすしかないんじゃないかな。それに、最後の最後でゴーラの件を取りやめるのはよくないよ」

「ゴーラのことも、他のなにも取りやめたりしないわ」シシリーははっきりと言った。「それは馬鹿げたことだし、馬鹿げたことをするのは嫌よ。だから、家庭内に嵐が起こるのが予見できるの。とにかくゴーラのキャリアにとっては今が大事なの。分かってるでしょ」と言い、なだめるような口調で続けた。「あなたがゴーラに恋してくれればいいなと思ってるのよ。そしたら私はとても嫉妬するに違いないわ。服をうまく着こなせる女にとって多少の嫉妬心はいい薬になるものよ。それに、ゴーラに恋すれば、あなたは誰かを好きになれるということの証明にもなるわ。あなたは人を愛せない人なんかじゃないと思ってるわ」

「愛っていうのは、本物よりも偽物が優ってる数少ないものの一つだね」とロニーは答えた。「偽物の愛は本物より長続きするし、より楽しめるからね。それに、取っ替え引っ替えするのも簡単だよ」

「そうかしら？　偽物の愛は火遊びじゃなくて折紙遊びのようなものだわ」とシシリーは反論した。

召使いが静かに、しかし、絶妙に気配を出しながら現れた。

「奥様、ルートン様がお見えになっています」と召使いは告げた。「お通ししましょうか？」

「ルートンさん？　そうしてちょうだい」とシシリーは言い、ロニーに向かった。「きっと彼はゴーラのコンサートのことで何か話があるのよ」

トニー・ルートンは群衆の中から頭角を現し、また、群衆の中に再び埋没しないよう気をつけていた若い男だった。彼は二十歳そこそこだったが、その元気でのんきな表情の裏には人生の労苦を忍ばせていた。十五を過ぎてからは場末の演芸場で端役をやったり、認知症の老人の世話係として短期の仕事をしたりしていた彼だったが、それがどういうわけか、今は洒落たウエスト・エンドのレストランでうずらの卵とアスパラガスを楽しんだり、エッジウェア通りのごみごみした食堂で燻製ニシンやソーセージを貪ったりするようになっていた。そんな彼は、いつも人生を謳歌しているようだったし、また、彼自身も愉快な男だった。そんな彼でも心中では、これまでの人生のつらい記憶に苛《さいな》まれることだってあるだろうし、あるいは、見返りなく助けてくれたごくわずかな友人への感謝をどれほどか胸に秘めているかもしれない。しかし、彼と最も親しい人でさえ彼の心にそのような気持ちがあることは思いもよらなかっただろう。トニー・ルートンは森ではなく都市に生きる定めの楽しげな目をした踊るファウヌス*なのである。そんな彼の心や心の傷を探るのは非常に無粋といえよう。

この踊るファウヌスはある日、心踊るような成功を約束された人生の岐路を迎えた。幸せはより現実的になり、最もつらい苦難の時は突然終わりを迎えた。音楽の才能は平凡だ

---

* **ファウヌス**　古代ローマの神話に出てくる人間とヤギの特徴を備えた神である。ヴィクトリア朝期やこの作品が書かれた時代では、健康で陽気なファウヌスは望ましい青年像とされていたようである。サキが一九一〇年に発表した「ガブリエル＝アーネスト」、一九一二年の『鼻持ちならぬバシントン』などでも登場人物を形容するのにファウヌスが度々用いられている。

ったが商才のあった友人が、イースト・エンドの劇場でオーディションをすることになっていた彼に曲を提供したのだった。彼はオーディションに騎手《ジョッキー》の格好で臨んだが、それは、この服装が似合っていたという以外に特段の理由はなかった。そして、『奴らはエクレストン広場でキラキラしたシャンパンをガブガブ飲んだ』という歌を耳の肥えた聴衆に向けて披露した。その中にはイースト・エンドの有名な劇場の支配人もいた。その支配人はトニーと彼の歌を気に入り、すぐに彼はイースト・エンドの劇場に出演することになった。当時落ち込んでいた興行ビジネスにはどうしても流行が必要だったが、彼と彼の歌はその役目を果たしたのだった。

あの大きな混乱の直後、ロンドンの人たちは冗談を言えるような気分にはなれなかった。彼らには信じ難いことが身に降りかかったからだ。彼らは英国の主権が弱まっていくのをただ眺めるだけで、他に見るものがなかった。そして、そこから目をそらしてくれる何かが現れることを切に願っていた。トニーの歌唱力はとても素晴らしかったが、歌詞は馬鹿げたものだった。しかし、奇妙なことに、いたずらっぽいどこか陽気なメロディーは悲しさを内に秘めた人たちや、我慢強く元気に振舞おうとしていた人たちの間で人気になった。「起きてしまったことは仕方ない」と「楽しまない心は哀れなものだ」というのが当時のロンドン市民の間で流行していた言葉だった。そのような彼らを相手に商売をする人たちのうち、この楽観的雰囲気に合ったものを偶然提供できた人は幸運だった。トニー・ルートンは劇場の仲介人や支配人たちが有閑階級だということ、そして、劇場の事務所では雑用係の少年でさえ礼儀正しいということを人生で初めて知った。

マナーを熟知しているということが駆け引きの手段ではなく上品な場を彩る隠れた武器になるものだ、とでも言わんばかりの表情で彼はシシリーの客間に現れた。劇場で成功を収めた他の人たちと比べ、彼の服装は地味だった。これは、彼が人生を深く眺めた結果、盛装はその人物を立派に見せるどころか、間違いなく滑稽に見せるものだ、ということを知っていたからである。

「結構です。僕はもう昼食を済ませたんです」とシシリーに答えた。しっかりと冷やされたグラスの白ワインを勧められると今度は快活に「ありがとうございます」と受け入れた。「ゴーラ・マスターフォードのイベントについて新しいことがあったので伝えにきました」と彼は言い、続けて、「ローレント爺さんが支援してくださるそうです。だから、一大イベントになりそうですね。彼女はロシア人よりもロシア人らしくなりますよ。もちろん、彼女は彼らほどの技術も、彼らの十分の一ほどの特訓も受けてません。それでも、宣伝は十二分にやってます。ゴーラという名前自体が宣伝のようにもなっています。それに彼女が貴族の娘だということもありますし」

「彼女には個性があるわ……」と、わけあって曖昧な表現を選ぶ人にありがちな言い方でシシリーは話した。

「ローレント爺さんは、自分が流行《はや》らせようとする人には皆個性があると言います。僕は指の先まで個性が溢れていると言われましたが否定するのは無礼なのでしませんでした。あ、マスターフォードさんの初舞台についてとっても大事なことをまだ話してませんでしたね。はっきり言って大きな秘密です。六時の全ての夕刊紙にその記事が出ますから、四時半までは一言も他言しないと約束してくださいね」

トニーはもったいぶって間を開け、グラスを飲み干してから語った。

「皇帝がご臨席するんです。略式かつ非公式にですが、それでも皇帝ご自身がいらっしゃるんです。短い時間お見えになるという噂話が一週間前から囁かれていましたよ」

「本当なの?」シシリーは心底興奮して声を上げた。「なんて大胆な計画なの。きっとシャーレム夫人がやったに違いないわ。きっと大成功するわね」

「ローレント爺さんに任せましょう」とトニーは言った。「彼はその場にふさわしい人を集める術を心得てます。それに、彼は自分が何に長けているか知っているんですから、ママはしません。きっと素晴らしい夜になりますよ」

「この考えはどう？」ロニーは突然声を上げた。「その夜はゴーラのためにここで夕食会をしない？　シャーレムっていう人と彼女の仲間も呼んで。すごく楽しくなると思うんだ」

シシリーはこの思いつきに乗り気になった。彼女はシャーレム夫人を特に気に掛けていたわけではなかったが、招待すれば彼女のことを思いやっているように見え好都合だと考えたのだ。

グレース・シャーレム夫人は既成事実《フェ・アコンプリ》の養母役を買って出たことで、にわかに重要視されるようになった人物だった。ロンドンから上流階級の中心人物たちがいなくなってしまったが、彼女はそれをチャンスと捉え、最大限に生かした。彼女は敗戦にひれ伏したのみならず、それに肯定的な態度を示し、感情を殺して、優美な笑みで受け入れさえした。そして、その丁寧な心遣いは報われたのである。武器となる美しさや賢さもなく、また、世間的に高い地位にいたとはいえない彼女だったが、今やこの国の権力者にならんとするほどの勢いだった。上流階級で地位も実力も十分にある人々が、やがて必ずや彼女を追い越し、隅へと追いやるだろうが、現状は、彼女の身の振り方のほうが物を言う時代だった。そして、シシリーはそんな彼女の態度を利用することの有利さに目敏《めざと》く気づいていたのである。

「きっと楽しくなるわね」彼女は心の中でその夕食会がもたらす収穫をざっと見積もって、そう言った。

「きっとすごく役に立つよ」とロニーは熱心に言った。「いろんな方面の有力者を一斉に集めることができるんだから。ゴーラにとっていい宣伝になるはずだね」

ロニーは夕食会の開催にはそもそも賛成だったが、彼は彼で別の思惑があった。それは、シシリーが以前提案したように夕食会でコンサートが開かれれば、彼は演奏するわけで、そこで音楽活動のパトロンと多く知り合いになれるかもしれないと考えていたのだった。

「もちろん役に立つわね」とシシリーは言った。「歴史的と言っていいくらいの夕食会になるわね。今は楽しいことが少なくなってしまったから、誰もが来たがるんじゃないかしら」

その時、彼女の性格に潜む野心が顔をのぞかせた。

「書斎に行って招待する人のリストを作りに行こうよ」ロニーが言った。

召使いが部屋に入り、手短かに告げた。

「奥様、ヨービル様がお帰りになりました」

「ちぇ」とロニーが不機嫌に言った。「夕食会のことに浮かれてる場合じゃなくなったね。ゴーラのことも僕たちみんなのこともキャンセルしないとね」

ついさっきまでと違って夕食会の計画は難しくなったように思えたのは間違いなかった。

「サフィアが海を渡ったとしても、私の一人娘のことを忘れるな」*トニーがからかう口調と目つきで諳《そら》んじた。

シシリーは夫を迎えに階下に行った。彼女は夫が再び帰ってくるのをとても喜ぶだろうと想像していたが、今それが現実となると、思ったほど嬉しくはないことに気づき、そん

---

＊ **サフィアが海を渡ったとしても、私の一人娘のことを忘れるな**　作者不詳の民謡「ロード・ベイトマン」の一節。ベイトマンという貴族の男が外国で自分を捕虜にした男の美しい娘、ソフィアと結婚の約束をし、自由の身になって帰国するが、その七年後にソフィアが彼を訪ねると、彼は別の女性と結婚しようとしていた。ソフィアの訪問を知った彼は、すぐにソフィアと結婚しようとする。このトニーの引用は、結婚を取りやめにさせられた娘の母親がこの貴族の男に言ったセリフである。また、トニーはソフィアとすべきところをサフィアと発音している。

な自分に腹が立った。最も愛する人でさえ、悪いタイミングで帰ってくることがあるものだ。もし、シシリーの気持ちが鳴鳥のようであるなら、それはすぐに鳴き止む種類の鳥である。

# 第二章　帰国

ヴィクトリア駅で船車連絡列車《ボート・トレイン》を降りたミューレー・ヨービルは、客車から彼の小さな旅行鞄を引っ張り出し、手押し車で他の大きな荷物を探しに行くポーターを、無関心といらだちが混ざり合ったような気持ちでじっと待っていた。ヨービルは落ち着きのない目と物思いに沈んだ口元、さらに疲れ切った雰囲気を漂わせた血色の悪い青年だった。ぐずぐず歩く人やきびきび歩く人が入り混じる暑苦しく埃が舞う駅。庭の小道にうじゃうじゃ出てくる蟻のように、田舎から出てきた人たちの一団があちこちのプラットホームからなだれ込む暑苦しく埃が舞う駅。これが、彼のうんざりする旅路のうんざりするクライマックスだった。見ない方がいいものを見ようとする病的な好奇心に駆り立てられた人のごとく、ヨービルは盗み見るように素早く辺りを見回した。切符売り場や荷物預かり所、食堂などでの案内にはドイツ語と英語が並記されていた。そして、図案文字に鷲と冠をあしらった絵*が郵便ポストにあるのをヨービルは何度も見た。

ヨービルはポーターに荷物を荷台に載せるよう指示するため彼の方へと行った。列をなしたタクシーが旅行客の群れに飲み込まれている駅の構外へとポーターの後に付いていった。

札が貼られて荷擦れした両開きの旅行鞄と包みの数々、それから一つ二つのスーツケースがタクシーに詰められ、ヨービルは運転手に行き先を伝えた。

「バークシャー通り二十八番地まで」

「バークシャードオリ《バルクシャルシュトラーセ》、ニジュウハチバンチ《アフトゥンツワンツィ》」と眼鏡をかけた大柄な運転手はドイツ語で同じ言葉を繰り返した。彼がゲルマン系なのは間違いなかった。

「バークシャー通り二十八番地まで」と英語で再び伝え、ヨービルはタクシーに乗り込んだ。運転手が行き先を再び自国語に言い換えるのを彼は無視した。

駅から出発する車の列がのろのろと通りを進む少しの間、道の両側に「ヴィクトリア通り」と馴染みの道の名前に「ヴィクトリアシュトラーセ」という文字が並んで表記されているのをヨービルはじっくりと観察した。近くの公衆浴場への案内も二つの言語で書かれていた。ロンドンはワルシャワと同じく二ヶ国語を併用する街になったのだ。ザ・マル**に向かってバッキンガム・パレス通りをタクシーは素早く縫うように進んだ。バッキンガム宮殿の長い門を通り過ぎた時、外国の制服を着た衛兵と鷲の旗が太陽に照らされはためいているのを目に入れまいと、この旅行客は頑として顔を背けた。好戦的な性格の持ち主と思しきこの運転手はザ・マルへと差し掛かる時、スピードを落として宮殿の門前にある白い像を指差した。「コレガ、オバアサンノキネンゾウ《グロースモターー・デンクマイ》***」と運転手は言ってスピードを上げた。

目的地に着いたヨービルは、全く見ず知らずの土地に迷い込んできた者のように、どこか心細い気持ちで自宅の前に立ち止まり、呼び鈴を押した。しかし間もなく、彼は玄関の中に立ち、敬意を込めてもてなされる対象となっていた。服と髪を綺麗に整えた給仕たちは旅で埃にまみれた荷物を忙しなく片付けていた。耳障りな声のタクシー運転手と七月の

*　**図案文字に鷲と冠をあしらった絵**　ドイツ皇帝ヴィルヘルム（ウィリアム）二世の紋章と思われる。
**　**ザ・マル**　バッキンガム宮殿とトラファルガー広場を結ぶ通りの名前。
***　**オバアサンノキネンゾウ《グロースモター・デンクマイ》**　ヴィクトリア女王記念像のこと。バッキンガム宮殿正面に位置し、一九一一年に像を披露する式典が盛大に行われた。

眩しい日差しを背後に玄関のドアが閉じられた。どっと疲れる旅は終わった。

「かわいそうに。なんてひどい様なの」再会してシシリーが発した最初の言葉だった。

「治るのには時間がかかるんだ」ヨービルは答えた。「まだ八割方しか回復してないよ」

ヨービルは鏡を見て悲しげに笑った。

「五、六週間前の僕はもっと酷かったな」と彼は付け加えた。

「向こうであなたを看病したかったわ」とシシリーは言った。「本当に看病したかったのよ」

「ありがとう。でも、向こうの人たちは僕をよく看てくれたんだよ」とヨービルは言った。「それに君をあんなところに呼ぶのは申し訳なくてね。寂れたフィンランド風の小さな保養所だよ。あまり楽しい場所じゃないからね。ロシア語を話せない人にとっては輪をかけてつまらないよ」

「あなたはそこで生き埋めにされてたかもしれないのよ」彼女の声には同情が込められていた。

「生き埋めにでもされたかったよ」とヨービルは答えた。「保養所に入ってくる外の情報は気が滅入った病人を元気づける類のものじゃなかったよ。それでも、あそこの人たちは何があったか出来るだけ話さないようにしてくれていたんだ。それに君も手紙にあまり書かないでいてくれたね。感謝してるよ。祖国が悲劇に見舞われた時に感じるつらさは、自宅に居るよりも、外国で外国人に囲まれている時の方がより強く身にしみるものだからね」

「そうね。もう家に帰ってきたわね」とシシリーは言った。「完全に回復するよう、近所を自分のペースでジョギングするといいわ。それに、この秋は健康を維持するくらいの狩猟を楽しんでもいいわね。でも、熱中しすぎるとよくないわ。体力がなくなってしまうから」

「体力はずいぶん回復したよ」とヨービルは言った。「帰国の旅路は思っていた半分ほども疲れなかった。問題なのは、心と体のだるさだよ。マラリアの後遺症の中でも、これがいちばん嫌だね。バケツ一杯分の気力を奪って、スプーン一杯分だけ戻ってくるんだ。今は体力よりも無くならない気力が欲しいよ。ぐうたらな人間に落ちぶれたくないんだ」

「聞いてミューーレー」とシシリーは言った。「今夜一緒に夕食をとって、そのあとで、妻らしくないかもしれないことをするわ。あなたとあなたの古い友達を残して出かけるの。医者のフラムが来てくれて、あなたと一緒にタバコを吸ったりコーヒーを飲んだりして過ごすことになってるの。あなたがそうしたいんじゃないかと思って私から話をしておいたわ。ああいうことは男同士の方が話しやすいでしょ。あなたが外国に行ってからのことをフラムが話してくれるわ。残念だけど、気が滅入る話よ。でも、残さず聞きたいのよね。まさに悪夢そのものだったけど、でも今なら落ち着いて聞けると思うの」

「今でも悪夢に思えるよ」ヨービルは言った。

「みんなそう思ってるわよ」大きくなれば分かる、と大人が子供を諭すようにシシリーは言った。「時間の経過はいつも感覚を鈍くさせるわ。絶対に耐えられないと思うことでさえ、少しずつ耐えられるようになってしまうものよ。じゃ、私はあなたの通知書を書いておくわね。あなたは荷ほどきの指示をしないと。ロバートがなんでも手伝ってくれるわ」

「通知書って何?」ヨービルは尋ねた。

「ああ、気にするほどのものじゃないわ。住人が増えたら書かないといけないの。その人がどこから来たとか、仕事や国籍や宗教や、そういったことを記入するのよ。前よりもずっと管理がしっかりしてるわね」

ヨービルは黙っていた。彼の不健康な灰色の顔に、わずかに黒ずんだ赤味が差した。しかし、それはすぐに引き、彼の顔は以前にも増して灰色で血の気のないものとなった。

帰国して終わったはずの旅が、突然再び始まったかのような気分になった。自宅にいる彼には、命令を待っている給仕たちがいて、見慣れた持ち物に囲まれていた。これらは疑いようのない事実だったが、自宅にいる、という感覚は消え去ってしまったのだった。それは、どこか道端のホテルに泊まろうとして名前や職業や行き先の記入を求められているような感じだった。ロンドンで再び住むにあたって覚悟をしていたのは、切手や通貨の変更、押し付けられたドイツの文化、外国の制服を着た人間が至る所にいること、新しい社交のルールなどといったことに対して嫌悪感や苛立ちを覚えることであった。しかし彼は予期しない時に自分が被支配民族であるという事実を突きつけられたのであった。それは、防具を解いた時に不意打ちを食らうようなものだった。この義務化された憎たらしい手続きについてシシリーは気軽に語っていたが、彼もまた彼女と同じように慣れてしまうのだろうか？

# 第三章　メツゥキー・ツァール

「あの出来事の第一報を聞いた時、僕は病気に罹ったばかりだった」広い喫煙室の一角で、ヨービルはコーヒーを片手に友人の医者へ言った。「昼間は憂鬱と無気力の中でだらだらと過ごすのが精一杯だったよ。日が落ちてくると熱が出て、夜はその熱にうなされていたんだ。僕の狩猟ガイドと給仕はどちらもブリヤート人*でロシア語がほとんど話せなかった。それでも、僕たちの間ではロシア語だけが唯一の共通言語だったから、それで会話をするしかなかったんだ。食べ物や娯楽といった話なら僕たちは意思疎通にさほど時間がかからなかったけど、それ以外の話題だと難しかったよ。ある日、狩猟ガイドが必要なものを遠

＊ **ブリヤート人**　モンゴル系の民族で、主に、ロシアの南東やモンゴルの国境近くにあるバイカル湖付近に古くから住んでいた。現在ではその地域にブリヤート共和国が存在する。

くのよろず屋に買いに行ったんだ。その店は一番近い駅から八十マイルも先、それも悪路を行った所にあったんだけど、その道中には他の地域のニュースが集まる施設があったんだ。そして戻ったガイドは『メッゥキー・ツァール』と『アングリスキー・ツァール』の間でいざこざのようなものがあったという要領を得ないニュースを持って帰ってきて、それにロシア語で敗北を意味する単語を繰り返したんだ。『アングリスキー・ツァール』が英国の王を意味することはもちろん分かった。でも、僕は病気でぐったりして頭が回らず、彼がまくし立てるように何度も言う言葉の意味について思考を巡らせられなかったんだ。それから病気がもっと悪くなったから、自然治癒に期待するのはやめて治療を受けることができる最寄りの場所へなんとか向かったよ。そして、ある夜、大きな森の端にぽつんと建った休憩小屋で、使いの少年が夕食を持ってくるのを待っていたんだ。夕食が来たところですぐにうんざりすることは分かっていたのに、耐えられないほどに夕食を求めてたよ。そうやって待っていたとき、『メッゥキー』の意味がハッと分かったんだ。僕はそれをどこかアジアの王や、あるいは、問題を起こす反乱軍の長で、もしかしたら、その反乱軍が大英帝国統治下の辺境の地で孤立した英国軍に勝利したとか、何かその程度にしか考えてなかった。でも、『メッゥキー・ツァール』というのが『ネメッゥキー・ツァール』で、つまり、ガイドが言わんとしてたのはドイツの皇帝なのだとふと閃いたんだ。ガイドを大声で呼び寄せて、息つく暇も無く彼に問いただした。そして、僕が恐れていた通りだと彼ははっきりと言ったんだ。彼が言ったのは、『メツゥキー・ツァール』はヨーロッパの中の偉大な支配者で、その支配者は『アングリスキー・ツァール』と争っていた。そして、後者は倒され蹴散らされた。それから彼は船を表す言葉を使って、艦隊が沈む様子を熱心に身ぶり手ぶりで表現していた。フラム、僕はこれは間違った根も葉もない噂で、偶然ニュースの中に紛れ込んだものなんだ、と願うより他になかった。精神状態が落ち着いていたときは英国の敗北を信じない、と言うこともできた。それでも、マラリアの高熱でうなされる経験をしたことがある人なら、僕が悩まされた夜毎の激しい苦しみも、僕の心が幾度となく英国の敗戦の噂を信じまいと抵抗していたことも分かるだろう」

医者は心からの同意を小声でつぶやいた。

「それから」とヨービルは続けた。「僕はなんとか目的地だったシベリアの小さな町にたどり着いた。そこはロシアの商売人や役人、一人二人の医者、それから軍人たちがいる小さな居留地だった。僕はレストランを兼ねた簡素なホテルに滞在したんだ。そこは、その地域の人たちが集まる場所だったけど、あの噂が本当だったということはすぐに分かった。

ロシア人というのは僕が知っているヨーロッパ人の中で最も機転が利く人たちだと思う。彼らは僕のことを無礼な、あるいは哀れみを込めた好奇の眼で見たりしなかった。でも、彼らの態度の変化に、今までのように英国人である僕が敬意を抱かせる興味深い人物ではなくなった、ということがつぶさに感じられた。ホテルの部屋ではロシア式湯沸かし器が耳慣れた音を立てて沸騰していて、赤いシャツのロシア人のボーイがブリヤート人の僕の給仕の荷ほどきを手伝っていた。部屋に戻った僕は、すぐに用意できる新聞のバックナンバーを持ってくるよう頼んで、ところどころ読み込まれた紙の束を受け取ったんだ。その中身は不揃いの『ノボエ・ブリムヤ』紙、『モスコフスキー・ビードモスティ』紙、それに欠番のないペルミとトボリスクの数紙の地方紙だった。僕はロシア語は流暢に話せるけど、読むのは苦手だった。それでも、理解することができた箇所をつなぎ合わせ、あの数時間の間にヨーロッパの最果ての地で起きた悲劇の全体像を知るために、十分な情報を手に入れることができた。僕はより詳しい情報を得るため、瓦礫《がれき》を掘り起こすように、その後の日付の新聞も躍起になって調べた。するとすぐに『ノボエ・ブリムヤ』紙が週に一度出す写真入りページを見つけた。その中には左右に横長い建物に旗が靡《なび》いている写真があり、『バッキンガム宮殿に新たな旗』との題があった。それはただのピンボケした写真だったけど、おそらく修正を加えられたであろう、あの旗を見間違えることはなかった。それは『ネメツゥキー・ツァール』の鷲だったんだ。隅には金色のイコン、テーブルの上には高い音を立ててブクブクと鳴っているロシア式湯沸かし器、下のレストランから聞こえる楽団のバラライカを奏でる音、僕は簡素な内装のこの小部屋のことははっきりと覚えている。その後のはっきりした記憶といえば、何週間も経ってから、フィンランドに向かう長く骨が折れる列車の旅に耐えられるかどうかを、僕は無感情で他人事のように話し合っていた時だったよ」

「それからは、戦争と政治のことはできるだけ考えないようにしようと努めてきたし、喜んでそうしてきた。状況は最悪だということは理解していたし、その詳細を掘り下げることで失望を深めることに特に意義も見出せなかったからだ。でも今の僕は以前と違ってずいぶんまともになったから、何が起こったかをちゃんと知りたいんだ。ロシアの新聞で得た断片的な情報しかない僕は無知だということが分かるだろう。どうやって戦争が始まったかさえよく知らないんだ」

ヨービルは言うべきことは言って聞き手に回る、という態度で椅子に深く掛け直した。

「雲行きが怪しくなったのは」と医者は口を開いた。「東アジアの辺境をめぐる本当に些細な対立が起きてからだった。そのこと自体は多少株価に影響した程度で、その後は万事元どおりに収まるように思えた。しかし、この対立の話し合いは異常に長引いて、金融不安が増長した。そして、ある朝、ドイツの大臣の一人が非常に辛辣なスピーチを述べたことが新聞で報じられ、それから雲行きが非常に怪しくなった。『彼は罷免されるだろう』と、こちら側の誰もが口を揃えて言っていたが、一日と経たないうちに、少しでも事情を知る人々には、危機に瀕していたのはこちら側だということが分かってきた。彼らの理解は遅きに失したんだ。『この両国のように品位のある文明的な国同士での戦争はありえない』と世論に影響力を持っていたある人物は土曜日に唱えたが、戦争はありえない、という意見は翌週の金曜日には現実のものとなった。なぜなら、我々は戦争ができなくなっていたからだった。計算された唐突さで、あらゆる方面から攻撃を受けて、こちらは満足に対応できなかった。英国艦隊は敵艦隊に引けをとらなかったし、兵士だってこちらの海軍の方が優秀だった。しかし、相手の海軍に制空権を取られたこちらには打つ手がなかった。陸軍の兵士一人一人は相手のものと同等の力があったが、敵軍と違って、複数の地点に同時に兵を展開することはできなかった。軍での経験がない民間人がわずかな時間で兵術を覚えるのは無理だったが、そのわずかな時間でなんとかするしかなかった。敵は国を挙げて武器の扱い方を習わせていたのに対し、英国ではそのようなことは少しも行われなかった。我々は武器の扱い方を覚えることなど不要と考えていたからだ。戦地を無軌道に突撃する勇気はあったが、それは、送電線のない電気のようなもので、力を持って行く場がバラバラだから相手にダメージなど与えられない。長引く戦いでこそ生まれるヒロイズムや献身などといったものは出てくる暇がなかった。この戦争はほとんど始まると同時に終わったんだ。戦争の最初の三日間で起きたあの電光石火の悲運の後では新聞は戦局を挽回できると読者を鼓舞する努力さえしなかった。編集者たちも民衆同様に英国は心臓の一突きを受けて崩れ落ちる寸前だと認識していたのだった。この戦争は勝負の序盤、一瞬で勝負がつくチェスに喩えることもできる。一方は動き方を予め考えておき必要な駒を準備しておくのに対し、もう一方は邪魔されてなすすべがない。使える駒が少なく戦術が初めから制限されていたわけだ。要するに、これがこの戦争だったのだ」

ヨービルは少しの間を置いて尋ねた。

「そしてどうなったんだ？　講和は？」

「完膚なき敗北を敵でさえ予期していなかったと思う。人口の多い島国で決定的な敗戦がもたらす影響を誰もよく知らなかった。征服者たちはどんな条件でも言える立場だったが、彼らが酔狂のなかで権力を増大させていくのがよいはずはない。連帯してドイツに反対を表明するヨーロッパの国などなかったし、当然、被征服国に課せられた講和条件に対抗しようと素早く動いた強国はいなかった。併合するということをドイツは戦争が実際に起こるまで夢にも思わなかっただろう。しかし、戦争が起きると、それは甘美な現実となった。『ウォーラム・ニヒト?《いいのではないか》』はドイツのメディアでは中心的な考えとなった。彼らが言うには、英国は屈辱的な敗戦をしても立ち直れるほどの大きな力があり、今後のドイツにとっては危険で避けられない敵になると考えられる。その一方、英国がドイツ帝国に併合されれば、この国は不満を抱くだけの帝国の一地域となるだろう。英国にはまともに反乱を起こすだけの海軍力はなく、しかし、多くの税金を支払う能力は持っているから、その税金はドイツ帝国の構成国の負担を軽減するものになる。だから、併合すればいいのではないか、というこの『ウォーラム・ニヒト?《いいのではないか》』の考え方が支配的になっていった。君も知っている通り、我々の王は英国から退き、東方の皇帝としてデリーに王宮を移した。また、海外のほとんどの英国領はいまだ彼の影響下にある。そして、ブリテン諸島は『豊かな国《ライヒランド》』と呼ばれドイツ皇帝の支配下になった。それは、ライン川の代わりに北海に面したアルザス＝ロレーヌのようなものだ。英国政府はまだ存続しているが、ほとんど機能しなくなった。大幅な制限を受け、かつての政府の亡霊のようなものとして存続している。選挙になればまともな人物が立候補することも、人々に投票を促すことも難しくなった。誰が投票権を持つべきかなどと議論していた一、二年前のことを思い出すと苦笑いしたくなるよ。伝統ある政党などはバラバラになってしまった。この国を悲劇に導いた者として、当然リベラル派は最も悲痛な思いをしているだろう。しかし、彼らを擁護するならば、他の政党同様、これはリベラル派の責任でもないのだ。我々のような民主主義国において、時の政府というのは国全体の考え方や雰囲気を重大な政策決定に反映するものだ。そして、民間人に対する軍事訓練が急務だということ、さらに、それを怠ることの大きな危険性について、当時の国民が認識できる土台は出来ていなかった。彼らも時々は多少の危機感を抱いては安心を得るための半端な対応策、はっきり言えば半端にもならない対策かもしれないが、それを求めたものだった。そして、政府はそれに積極的に応えてきた。しかし、『大きな危険が差し迫っているから、それに対処するための負担も大きく、また、緊急を要する』などと唱えた政党や議員の派閥は選挙で落選することとなった。そんななかで、十年近くも政権についていたリベラル派だったが、敗戦とそれがもたらした屈辱心から怒りが頂点に達した民衆の反感を買ったんだ。ある大臣、軍の指揮には最も遠い立場だったであろうその大臣は、ニューカッスル駅で民衆から半殺しの目にあった。また、ある大臣はエクスムーアで三日間身を潜め、変装して逃亡したよ」

「じゃあ、保守派は？」

「彼らの影響力もリベラル派と同様に消えかかっている。しかし、違うのは、自らそうしているということだ。何世代にもわたって王室と憲法を守る立場に立ってきた彼らだが、突如として、守ってきた憲法はなくなり、王室は外国の王朝によって占められたから、彼らの政治的主張の拠り所もなくなってしまったんだ。これはハノーバー家から英国王が誕生した後のジャコバイト*たちの政治的立場と同じだと言えるだろう。トーリー党の主要な人物の多くが海外の英国領に移住するか、田舎に隠居してしまった。彼らは出費を切り詰め、土地を手放したり、海外に投資しながら生活している。労働党もリベラル派と同じくらい窮地に立たされている。というのは、国境を超える兄弟愛の理念理想を利用して開戦直前までドイツの民主党とこれ見よがしに親しくしていたからだ。ちなみに、この度の戦争では、その兄弟愛によってドイツ軍が攻撃に手心を加える、ということは一切なかったよ。思うに、いずれは何らかの形で政党政治が復活するはずだ。共産党や、商工業に利する富裕層が支持する政党、それから、さまざまな教会の会派も自分たちの声を代表して……」

ヨービルは我慢できずに口を挟んだ。

「こういった君の予測は」ヨービルは言った。「実現に時間がかかる。それもかなりの時間が必要だ。つまり、この悪夢は今後もずっと続くというのか？」

「残念だけど、これは悪夢じゃない」医者は言った。「現実なんだよ」

「しかし、英国のように力強く文明的で、かつ長らく支配者として君臨してきた歴史を持つ国が、たった数千の銃剣やマシンガンによって永遠に服従を強いられることなどあり得ない。いつか必ず奴らを駆逐するはずだ」

「友よ」医者は言った。「もちろん、チャンスがあれば、駐屯部隊を負かせて要塞を奪還し、あるいは、港を爆破することもできるかもしれない。でも、そのあとはどうする？二週間やそこらで無条件降伏を強いられるようになるぞ。いいか、制海権があるうちは

＊**ジャコバイト**　一六八八年の名誉革命により追放されたジェームズ二世の支持者のこと。スチュアート朝の復権を目指していた彼らだったが、一七一四年にこの王朝は断絶し、ドイツの諸侯ハノーバー家からジョージ一世が即位した。

我々に有利に働いていた島国である地の利は、制海権を奪われた今、不利にしか働かないんだぞ。敵は陸の一部隊、戦艦一隻ですら投入する必要もない。機動性の高い巡洋艦や駆逐艦の艦隊を海岸沿いに巡航させておくだけで我々を飢えさせることができるんだ」

「それじゃ、これで終わりっていうことなのか」ヨービルは声を震わせて言った。「ポーランド人のように征服された民族になるというのか？」

「もっといい未来を考えようじゃないか」医者は言った。「もし、今この国を支配する連中が他国との海戦で厳しい戦いを強いられていたとしよう。あるいは、ヨーロッパが不穏な状況にあったとしよう。この時、列強間の絶妙な力関係のなかで我々が抑えてきた憎しみは独立が認められることで報われるかもしれない。これが、我々が待ち望んでいるシチュエーションだ。その一方では、今まで我々が持ってきた愛国心を弱め、最終的には消し去るために征服者たちは知恵を働かせながら時間が経過するのを待っているのだ。今の大人は歳を取るばかりで状況の変化を受け入れるより他にない。一方で、これからの世代は征服される以前の状況を知らないまま大人になっていくだろう。インドの言い伝えにあるように、デリーまでは遠い。* デリーに君臨しているヨーロッパ的ともアジア的ともいえるこのおかしな王室は、我々にとってどんどん異質で非現実的なものになっていくように思える。『海を隔てた王』**というのは、かつて英国民を奮い立たせた言葉だが、それでもポツダムとウィンザー間を行き来する王に比べれば、敵にとってインド洋の彼方にいる王はあまりに影の薄い競争相手だといえるだろう」

「正直に言ってほしい」ヨービルは間を置いて言った。「フラム、その知恵と時間で愛国心を消し去る計画はどれくらい進んでいるんだ。もう始まってからずいぶん経っているように思えるが。英国行きの船を降りるとすぐに新聞を買って、ロンドンへの列車の中で読んでみた。コンサートや演劇、それから初日公演や招待公演についての知らせ。小規模の

＊　**デリーまでは遠い**　一九一二年に出版され、人気となったインドの言い伝えをまとめたガブリエル・フェスティングの歴史書『デリーに向かった王たち』をサキは読んでいたのかもしれない。それによれば、十四世紀のインドでは、デリーの王ギヤースッディーン・トゥグルクと聖人ニザームッディーン・アウリヤーが対立していた。王がベンガルに攻め入った時、王子の一人がこの聖人と組んで王位簒奪を企てたが、そのことを知った王は報復のためデリーへと引き返した。日に日にデリーへと近づいてくる王に聖人の弟子たちは恐れおののくが、聖人は落ち着いて「デリーまでは遠い」と言うのだった。王の到着までに入念な準備を済ませた王子は、王を殺害し玉座に座ることに成功した。

＊＊　**海を隔てた王**　ジェームズ二世のことと思われる。一六八八年に名誉革命で追放された彼はフランスに逃れ、海を隔てたその地から王位奪還に向けて動いた。

舞踏会の広告まであった。ハウスボートや別荘、ガーデンパーティーのための弦楽団の広告なんかもあった。新聞を読んで、僕にはこれらが死体が転がる家の中でお祭り騒ぎをしているようなものに思えたんだ」

「ヨービル」医者は言った。「二つのことを覚えておいて欲しい。一つ目は、何事もなかったかのように我々は生活を続けていかないといけないということだ。確かに、何万もの労働者階級、そして、何千もの中産階級の男女が移住をした。彼らは職業柄それができた、あるいは、仕事を辞めても問題がなかったんだ。しかし、全体から見れば彼らは少数派だ。大規模でも小規模でもビジネスは続けていかなければいけない。人々は衣食住を満たさなければならないし、治療も受けなければならない。人々にとって数えきれない必要なものは供給され続けなければならないんだ。例えば、僕なんかどうだ。外国人に支配されて、彼らに税金を納めることをどれほど嫌がったとしても、新たにトロントやアルハンブラで開業して、ここの患者を見捨てることはできないよ。もし、それをすれば、他の医者がここでの僕の代わりを務めなければならなくなるんだ。僕にも、その代わりの医者にも、召使いや、自動車、それに食べ物や家具に新聞、もっといえば、趣味だって必要だ。戦争以来、廃れかけていたゴルフ場や狩猟場は最近利用者を取り戻しつつある。というのは、ひどく規律の厳しい環境で働かなければならない多くの人たちが野外スポーツを必要としていたからだ。非常に理にかなった需要だよ。これが一点目だ。もう一つ、これはロンドンで顕著に見られることだが、ロンドンだけじゃなくて、そこを中心に他の地域にもある程度行き渡っている。周囲を見渡せば、この国に起こった悲劇に対して冷たい無関心を示したものがたくさんあるだろう。覚えておかなければならないのは、現代的な生活を送るのに必要な多くものが、特に大都市ではそうだが、国際的になってきている。例えば、音楽や芸術、演劇などでは、外国の名前が無数に出てくる。それらを避けて通るのは無理だ。英国人の中でもそれらの信奉者たちは、例えばスターリングやヨークなどでの生活よりもミュンヘンやモスクワの慣習に慣れているだろう。彼らは、長期間、英国的ではない文化の空気に触れて生活し、思考し、人間関係を築いてきたんだ。その中には海外へ行ったことがない人だっている。しかし、故郷に根を下ろした人生を嫌がり、放蕩のガリシア人劇作家*の人生観に共感し、責務や女性や料理に対する彼の考えを大仰に引き合いに出したり、

＊　**放蕩のガリシア人劇作家**　ラモン・デル・バリェ＝インクラン（一八六六―一九三六）などに代表されるスペイン系ボヘミアン劇作家のことと思われる。

議論したりする。その一方で、牧歌的な英詩『ジョン・ピールを知ってるか』*は粗野で野蛮な作品だと毛嫌いする。シャルルマーニュの王冠が劇場のロイヤルボックスの最上席に飾られるようになったことや、英国主催の音楽会のプログラムで彼らが最も重要視されていることを、そのような人種が終始気にかけたり気を落としたりするだろうか。それにユダヤ人のこともある」

「彼らはこの国に、少なくともロンドンにはたくさんいる」

「以前も多かったが、今はもっと多いよ」フラムは言った。「個人的にユダヤ人は大嫌いだ。しかし、公平に見れば、彼らの中で英国に染まったユダヤ人は、今でも英国人らしく、我々から見ればこんな状態の英国にも忠実であるとさえいえる。彼らのことは尊敬するよ。しかし、このように性格から何から英国的というより、はるかにドイツ的、ポーランド的、あるいはラテン的なユダヤ人には、ロンドンが突然世界の主要な地位を失って国際的な都市になったことを嘆くことなど期待できない。彼らはかつての英国の統治下で自由を享受できたことには感謝していたが、支配階級の心の狭さには苛立ちを覚えていた。ゲルマン的な管理体制によって政府の細々《こまごま》した規制が増えたことは別として、彼らにとってみれば、今のロンドンはより多くの権利を得る機会があり、また、社会的にも受け入れられやすくなっている。ある意味では、ここは誰でも権利を主張できる空白地帯といえるからね。もし彼らが望めば、自分たちをこの国の支配階級と同等な存在とも考えるようになるだろう。まあ、彼らはロンドンにこだわらなくてもいいが。カフェやキャバレーや商店街などが充実していることから、ここ十年の間に、ベルリンはヨーロッパで一番の歓楽街と見なされるようになった。この快楽を優先する気風がロンドンを脱英国的にするのに隠れた影響力を発揮するようになり、ベルリンはかつてのように質素で威厳のある都市へと戻るだろう。世界を支配しているという自覚と責任を十分に持った都市に。一方でロンドンは快楽を求める人たちにとって最高の都市として評価されることになるだろう」

ヨービルは嫌気が差して我慢ならない様子だった。

「気持ちは分かるよ」と医者は同情を込めて言った。「君にとって人生の喜びを与えるものは森の中の狼の遠吠えや、凍原にいる野生のアヒルの鳴き声、山中の小さな宿から香る

---

＊『**ジョン・ピールを知ってるか**』　平凡な狩人のジョン・ピール（一七七六―一八五四）をモデルにした狩猟をロマンティックに表現した詩。ピールの狩猟仲間だったジョン・ウッドコック・クレイブズ（一七九五―一八八六）が彼と夕食をとっていた時に思いついたという。

暖炉の煙といったものだ。高い報酬を受け取る楽団が贅沢に慣れた客に披露する退屈なラッパの音よりも、放し飼いの馬が君のテントに駆け寄ってきて荒野の泥を蹄で踏む音に君は音楽を感じるんだ。でも、我々がはっきりと見て取ったように、今のロンドンは別の方向に向かおうとしている。僕が言っている今の支配的な多数の人々は、狭い場所にひしめき合って、やる価値のないことをやっては、話す価値のないことを話し、そして、同じことをしたり言ったりを繰り返しているんだ。同じ音楽を聴いて、同じ絵画を見て、同じ流行語を口にする。そして、皆が行くレストランに行っては、他人のタバコの煙や香水や話し声を我慢しながら、皆と同じ食事を注文して、次の日、次の週、あるいはその次の週に会う約束を熱心に取り付ける。こうやって、同じように群れて生きることを、繰り返し、繰り返し、やっていくんだ。もし、彼らが西側のロンドンの一角で群れるのをやめたら、落ち着きなく互いを観察しながら、どこか、ブライトンかディエップあたりでまた群れて同じことを繰り返すだけだよ。このような生き方は当然のように今後も続くだろうね。それが特に目立って見えるようになってきたのは、他の社交の手段が少なくなってきたからだ」

ヨービルは何か言った。それは、おそらくブリヤート語で罵る言葉だった。

この夜は近くの広場で音楽隊が小休止を挟みながら演奏を続けていた。すると、ヨービルが帰国して何度も耳にした音楽が聞こえた。小気味よく、秘められた喜びで人を惹きつける雰囲気のある音楽だった。

ヨービルは立ち上がって少し開いた窓をさらに開け、その曲が終わるまで耳を傾けていた。

「これはなんていう曲？」と彼は尋ねた。

「これからよく聞くようになるよ」医者は答えた。「最近、あるフランス人が『マーティン』誌に書いた国歌『既成事実《フェ・アコンプリ》』だよ」

# 第四章　立ち入るべからず《エス・イスト・フェルボーテン》

人々の日々の生活を淀みなく進める精密な機械が静かに絶え間なく動く場所である自宅にいる、という心地よい感覚で翌朝ヨービルは目覚めた。熱となかなか抜けない疲れのなか、回復期をまずまず快適な環境で過ごすことは、彼の贅沢に新たに加わったものだった。彼がもっと若かったころは、お金がいつも十分あったというわけではなかったが、二十八歳の時に莫大な財産を受け継いで、その数ヶ月後に裕福な家の女と結婚した。新たに手に入れた財産を、贅沢なものなどほとんどない未開の人里離れた場所へ際限なく旅行するためにもっぱら使おうとすることは、彼のような人間にとってはもっともらしいことだった。一方でシシリーは、カイロとかサンクトペテルブルグやイスタンブールなど彼が旅行をする初めの辺りまでは、たまについて来た。彼女の好みといえば、カンヌやホンブルク、スコットランドのハイランド地方、ノルウェーのフィヨルドといった比較的人口の多い場所だった。未開で粗野なものが彼女を惹きつける場合というのは、もっぱら、それらがロンドンのコベント・ガーデン*の舞台でそれらが非常に文化的で芸術的な演出で公開された時である。もし、彼女が狼や沙鶏《さけい》を見たくなったら、陽気な日曜の午後にでも知的なロンドン動物学会の研究員と一緒にリージェンツ・パーク**に行くだろう。二人を結ぶ絆、そして、二人の関係を良好にする秘訣の一つは、互いの趣味を完全に共有しようとは思わずに、理解し共感し合えることである。それぞれ好きなことをする彼らは、自分たちのやることが偶然交差した時は喜び、仲間のように感じ、自責の念にかられたり自己批判することなく、交差したものが離れていくままにできた。それだけでなく、彼らは十分な金額の入った別々の銀行口座を持っていた。このことが幸せな結婚生活の必要条件にはなり得ないかもしれないが、少なくとも互いの間に摩擦を生じさせない潤滑油にはなっていた。

ヨービルが涼しい朝食室に入ると彼の食事は準備されており、シシリーが待っていた。これは、あらかじめ頼んでおいたものでも考えていたものでもないが、この世が始まった瞬間からすでに細部に到るまで決まっていて食卓に準備されたかのように思える料理だった。ヨービルはこの料理から得られる慰めと気晴らしを最近まで病気で寝込んでいたことを思い出しながら楽しんだ。朝食をとる人の願望は料理という形で具現化されるようである。その願望は求められるまで影に潜んで待っているのだ。例えば、焼いたマッシュルームを英国風で、と望めば、それが出てくる。黒くてしっとりして、ホクホクしていて、信じられないほど美味しい。ロシア風のマッシュルームがよければ、それが出てくる。軽く茹でられ、白いソースを纏って、冷たく歯ごたえがある。コーヒーを望めば、どこか南米の共和国で革命を起こすために練られた綿密な計画よりもはるかに入念に準備されたコーヒーが供される、といった具合に。

この家を飾るたくさんの外国の花々は、この朝食室にはあえて置かれていなかった。そ

＊　**コベント・ガーデン**　ロンドンの中心地、ウェストミンスター地区にあるロイヤル・オペラ・ハウスのこと。もともとコベント・ガーデン劇場から一八九二年に現在の名称に変更された。ロンドンを代表する歌劇場の一つ。

＊＊　**リージェンツ・パーク**　ハイド・パーク、ケンジントン・ガーデンとともにロンドン中心部にある公園。東京ドーム約三十五個分の広さ（一六六ヘクタール）を誇る。一八二六年と一八二八年には、それぞれロンドン動物学会とロンドン動物園が敷地内に作られた。一八三五年に一般開放されることとなったこの公園は、リージェント通りとともに、当時摂政皇太子（Prince Regent）だったジョージ四世（一七六二―一八三〇）にちなんでいる。

の代わり、草地や生垣から摘まれた野生のタイムやそのほかの草花が球形の花瓶に活けられていて、それが、朝食と調和する牧歌的な清々しさをこの部屋に与えていたのだった。

「あなた、まだとても疲れてるようね」シシリーは目ざとく言った。「もし、元気があるようなら暑くなる前に公園で馬に乗ったらいいんじゃない。厩にあなたが気に入りそうな雄の白馬が新しく加わったの。でも、その子は元気がありすぎるのよね。今のあなたの健康状態なら、もっと控え目な運動で満足しないとね。蠅がたかると跳ね回る癖があるのよ、あの馬は。今の時間の公園なら散歩するだけでも楽しいわ」

「そうだね。長旅の後だから散歩くらいがちょうどいいね」とヨービルは言った。「昼食前に木陰を一時間散歩するくらいなら、疲れすぎないはずだよ。午後には友人を一人二人訪ねてみようと思う」

「旧友にたくさん会えるとは思わないでね」シシリーは即座に言った。「一部の人たちはじきに帰ってくるだろうけど、残念ながら、数え切れない人たちが出て行ったきりなのよ」

「ブリード一家は？」ヨービルは言った。「ロンドンにいるのか？」

「いいえ、彼らはスコットランドにいるわ。サザランドに住んでて、こちら側には寄りつかないわ。リカード一家は東アフリカのどこかで農園業をやってるの。一家総出でね。ヴァーラムは海峡植民地の何かの役職を任命されて、家族も連れてそこに行ったわ。カラード一家は母の家があるノーフォークに行ったわ。それでマンチェスター広場の彼らの家はドイツ人の銀行家が買ったのよ」

「じゃ、ヘブウェイ一家は？」ヨービルは聞いた。

「ディック・ヘブウェイはインドにいるわ」シシリーは言った。「でも彼の母親はパリにいるわ。ヒューゴーはかわいそうに戦死したわ。私の友人のアリソン一家もパリにいるわ。本当にすっからかんね。でも、まだ残っている友人たちもいるわ。それに、出て行った人たちもいずれ帰ってくるわ。ピザビーはいるわ。彼は新しい体制下で最善を尽くしているわ」

「彼はそうだろうね」ヨービルは素っ気なく言った。

「難しい選択よ」シシリーは言った。「この地に留まってあの音楽を耳にするか、英国旗が掲げられた植民地に移住するか。どちらの選択も愛国心によってなされたものよ」

「あの音楽を耳にすることと、それに合わせて踊ることは別だよ」ヨービルは言った。

シシリーは自分のカップにコーヒーを入れて、話を変えた。

「昼食はうちで食べるでしょ。今のクラブはきっとあまり楽しくないし、この時期のほとんどのレストランは日中暑いわ。ピアノを弾くことにかけては天才とまではいかないけど十分に才能のあるすごく美形な若い子がいるわ」

「髪がだらしないユダヤ人かチェコ人か、そんな感じかな」ヨービルは尋ねた。

シシリーは自分の夫が描写するロニーの姿に笑った。

「違うわ。美しく手入れされた短い髪のアングロ・サクソンよ。きっとあなたも気に入ると思うわ。彼はピアノもさることながらブリッジも上手いのよ。ピアノを演奏できる人でブリッジができる人なんて考えられないでしょ？」

「僕はそんなに偏見に満ちてないよ」とヨービルは言った。「僕はどのみち、ロニーのことを好きになるって約束したじゃないか。他には誰が昼食にくるんだい？」

「ジョーン・マードルが多分来るわ。正直なところ、多分じゃなくて間違いなく来るわね。彼女は呼ばれてなくてもやって来るのよ。それに、彼女は断らせないやり方も心得てるの。そうそう、この頃だとフランス風のアスパラガスオムレツはよそでは滅多に食べられないわよ。遅れないでね」

見慣れた土地へ探検の旅にでも出発するかのような奇妙な気分でヨービルは朝の散歩に

出かけた。彼はハイド・パーク・コーナーからハイド・パークに入り、ロットン・ロウ*に接する馴染みの小道や脇道を進んだ。しかし、フェンスに囲われた芝生とツツジの茂み、それに野外ステージの奥まで開けた広場を見たとき、懐かしさは消えた。野外ステージは以前からあり、空色の英国の軍服をまとった音楽隊が朝の最初のプログラムを演奏していたが、そのステージの周りにはヨービルが知っている所狭しと置かれた緑色の椅子の代わりに、小さな円形のテーブルが一エーカー**かそこらの範囲に置かれていたのだ。ほとんどのテーブルには客がいて、ラガービール、コーヒー、レモネード、それにシロップなどを楽しんでいた。ステージから離れたところ、まだ音楽隊の曲が聞こえる程度の距離には、派手な色をしたパゴダ風レストランがあり、いくつもの大きなテーブルが日よけの下に置かれていた。しかし、このレストランの設計は雨や風の日などにはどうすればいいか、という反面教師的なアドバイスを与えてくれた。格子にツタと薔薇を這わせて作った移動式スクリーンは、客が望めば隣の席との空間を仕切れるようにした小さな生垣だった。この

---

＊　**ロットン・ロウ**　ハイド・パーク南側にある乗馬用道路のこと。

＊＊　**一エーカー**　約四千四十七平方メートル。

レストランの外壁には有名なシャンパンとラインワインの派手なポスターが数枚貼られていた。また、正面中央にある一番高い三角形の屋根の下には険しい顔をした男の色鮮やかな肖像画が描かれていた。この絵に添えられていた表題は、今の英国の硬貨にも使われていたものかもしれない。その屋根の上にある旗竿には旗が纏わり付いていた。そして、心地よい風が吹き始め、開いてなびいたこの旗は横長で、黒、白、そして緋色の三色旗だった。この一部始終の間、冷ややかで小馬鹿にするように自分たちにとってはなんの変化もないと言わんばかりに、ニレの木々はそびえ立っていた。

ヨービルはこの見慣れない光景をつぶさに理解しようと少しの間突っ立っていた。

「我々がしようとも思わなかったことを、彼らはやったんだな」と彼は独り言をつぶやき、踵《きびす》を返してロットン・ロウ沿いの木陰の道へ戻った。少し見た感じでは、この有名な乗馬用道路に広がる光景はあまり変わっていなかったようであった。

馬上で不安げな表情の女の子たちと、ぎこちなく揺れる婦人たちの前を幾人かの乗馬の先生が馬で行ったり来たりしていた。その一方では、馬面の男たちが、売り物の馬たちを吟味したり、馬たちを柵につけて長話していた。また運動服を着た婦人が馬に跨がり、時折立ち止まりながら疾走していた。それは、あたかも逃げ上手の狐が猟犬をギリギリのところで避ける愉快な狩猟のようだった。何もかもが以前と同じ光景に思えた。

するると、遠くの方で舞う砂埃の中から鮮やかな色がちらちらと見え、それが急速に近づいてきた。そして、その色の正体は騎馬隊の一団がきびきびと駆ける姿であることが分かった。彼らは完璧なフォームで馬に跨がっていた。そして、がちゃがちゃとした金属音と規則的な蹄の音を響かせ全力で駆け抜ける姿で勇敢さを周囲に示しながらヨービルの前を通り過ぎ、再び砂埃の中へと消えていった。この砂埃に紛れていく鮮やかな色が、それには目もくれないといった様子で眺めていたヨービルの蒼白な顔に焼きついたかのようだった。彼の顔はじわじわと紅潮し、喉は締め付けられ、目の前は白くぼんやりしていた。ヨービルは無関心を装うための心の壁を冷徹に築いていたが、それは熱により脆くなり時折崩壊したのだった。

ロットン・ロウとそこで乗馬する人たちのことを急に苦々しく思えてきたヨービルは、無遠慮に疾走する騎兵隊を再び見ないようにしようと思った。左右に広がる木陰の芝生のすぐ向こうには穏やかな日差しに照らされたサーペンタイン湖が見え、ヨービルは芝生を横切って近道をし、砂利で覆われた湖岸へと向かった。

「英語もドイツ語も読めないのか？」とヨービルが芝生から出てきたとき、通りかかった警官が話しかけてきた。

ヨービルはその男を見つめ、そして、その警官が偉そうに指差す方向に目をやると、そこには、小さいがはっきりと印字された看板があった。二つの言語で「禁止」「フェルボーテン」、それに「罰金」「ストラフバール」と書かれてあった。

「三シリング[*]の罰金だ」とお金を渡すよう手を伸ばしながら警官は言った。

「あなたに払うんですか？」ヨービルは笑いそうになりながら尋ねた。「新しい体制には慣れてないんでね」

「私に払うんだ」警官は言った。「支払った額の領収書を切る」そして、彼は小さな伝票から領収書の控えを千切った。

「ちょっといいですか」お金を渡し、領収書を受け取りながらヨービルは尋ねた。「その赤と白の腕章にはどういう意味があるんですか」

「二ヶ国語ができるということだよ」巡査は威厳を込めて言った。「どちらの言語にも通じていると認められた警察の人間は昇格するんだ。この公園を担当するほとんどの警官は二ヶ国語話者だ。今は英国人と同じくらい外国人もいるからね。実際、天気のいい日曜の午後なら五人に三人は外国人だね。思うに、この公園の雰囲気は英国的というよりは大陸的だな」

「ドイツ人の警察官もたくさんいるんですか？」ヨービルは尋ねた。

「ああ、そうだね。たくさんいるよ。仕方ないんだ」巡査は言った。「体制が変わった時にたくさんの辞職者が出たからね。だから、その穴を埋めないといけなかったんだ。警察にいたたくさんの奴らが移住したり、職を変えたよ。でも、これは全員に与えられた選択肢じゃない。妻や子供のことも考えないといけないからね。別の仕事を探す機会があるからといって、一家の大黒柱がみな仕事を放り出すわけじゃないだろう。出ていった奴らの大方を待っているのは飢えだよ。残った俺たちは前よりも給料が良くなった。もちろん仕事量はずっと増えたけどね」

「そうだろうね」三シリングの領収書を指で弄《もてあそ》びながらヨービルは答えた。「ところで」彼は尋ねた。「この公園の芝生のある場所は全て人間の立ち入りを禁止しているんですか？」

＊　**シリング**　英国で一九七一年に廃止された通貨で、一シリングには一ポンドの二十分の一、かつ、十二ペンスの価値があった。

「この看板があるすべての場所だよ」警官は言った。「芝生が敷かれた場所の四分の三くらいがそうだが、どの方角にも行ける砂利道が新しくできたんだ。汚れずに歩ける道があるのに芝の上なんか歩かないだろ」

去り際に小言を言うと、二ヶ国語が話せるこの巡査は仰々しく大股で去って行った。かつては栄光ある英国の警察だったという自覚と自尊心を彼は失ったが、ただ警官としての値打ちが上がったということで、それは帳消しにされたようだった。

「女たちと子供たちは」去っていく警官の後ろ姿を見ながらヨービルは思った。「問題の一つではある。子供たちは食べさせて、学校にやらなければならない。女たちも養っていかないといけない。それから、家にいる年老いた母親なども見捨てるわけにはいかない。こんなのは、人質を取る古いやり方と一緒だよ」

彼はサーペンタイン湖に沿って小道を歩いた。そして、サーペンタイン橋をくぐり、ケンジントン・ガーデンへと出た。すると、すぐにピーター・パンの銅像が見えてきたが、その像には仲間が加わっていたことがすぐに分かった。ピーター・パンの片側には、グリム童話に出てくるキャラクターたちが配され、反対側には『不思議の国のアリス』のアリスがグリフォンと代用ウミガメ*と話をしている様子の像があった。この場面を像にしても痛ましいほどに動きがなく無意味である。また、これらの像の周辺では二ヶ所、芝生が剝がされていた。ここに新たな像を作ろうとしているのは明らかだった。ヨービルが心の中で思い描いたのは、ドイツの絵本で有名なもじゃもじゃペーター**とバーネット夫人の小公子だった。

「中流ドイツ人の趣味だな」彼は批評した。「しかし、こういったことなら、彼らの好きなようにすればいい。子供じみた空想は消えて無くなったから、せめてその追悼をする像を建立しよう、ということなんだろう」

* **グリフォンと代用ウミガメ**　どちらもルイス・キャロルの『不思議の国のアリス』に登場するキャラクター。グリフォンは上半身が鷲、下半身はライオンという伝説上の動物を登場させたもの。代用ウミガメは、作品中、代用ウミガメスープの原料だと説明される。代用ウミガメスープとは、ウミガメスープで使うウミガメの肉の代わりに安価な牛の内臓などを用いて作るもので、ヴィクトリア朝時代によく飲まれていた。ルイスならではのダジャレ。

** **もじゃもじゃペーター**　もじゃもじゃペーターはハインリッヒ・ホフマン（一八〇九―一八九四）が一八四五年に発表した十話構成の絵本『もじゃもじゃペーター』の最初の話に登場する少年である。爪を切らず髪を梳かないこの少年は皆に嫌われている、ということから、清潔であることの大事さを大げさに説く。

気温はどんどん高くなっていた。そして、ハイド・パークが散策に望ましい場所とはもはや思えなくなってきた。ヨービルは自宅へと引き返し、一エーカーほどの範囲に置かれたテーブルに囲まれた、あの野外ステージを通りすぎた。もう一時近くになっていた。あのレストランの日よけの下では、いくつもの昼食会が開かれようとしていた。ラガービールを飲んでいた人たちが集うテーブルに、ウエイターが忙しくソーセージやポテトサラダといった軽食を運んでいた。派手に着飾った野外楽団が軍の音楽隊に取って代わっていた。ヨービルが通り過ぎようとすると、その音楽隊がある曲を演奏し始めた。それは、ヨービルもロンドンにいれば頻繁に耳にするようになる、と彼の友人の医者が予言した曲、国歌『既成事実《フェ・アコンプリ》』だった。

## 第五章　親類になる方法《ラール・デートル・クージン》

五十歳までに美しく魅力的な女性になればいい、と悠長かつ苦労知らずな様子でジョーン・マードルは四十歳をむかえた。彼女は愉快といっていいほどの快活で友好的な態度を身につけていた。それに加え、見せかけの深い善意と優しさに満ちていた彼女に対して、見ず知らずの人や知り合って間もない人は心を開きやすかった。しかし、一旦警戒心を解いた彼らでも、彼女をよく知るようになると、慌てて警戒し始めるのだった。ある人は彼女のことを、ホコリタケ*の擬態をしたハリネズミだと上手く喩えた。もし、決まりの悪い話をするのに好ましくない場面があれば、ジョーンは間違いなくその手の話をした。また、

---

＊　**ホコリタケ**　キノコの一種で触れると頭部から種子を勢いよく飛ばす。このキノコには柔らかいトゲのような突起物がある。

そのような機会がない時でも、彼女はそうした場面をたいていは作り出すことができた。さらに、彼女にはある種の人気があった。それは、馬に乗って盗みを働く派手な盗賊が、その害に無縁な人たちから人気を得るような類のものである。彼女の母方の従祖母は何度も結婚を繰り返したことから、関係が途絶えた家を含め大きな親族の輪があると彼女は都合よく考え、彼らを親類として扱った。この理論上の親族関係は家族の火を絶やさないようにする、という口実のもと、彼女に昼食会や、その他の行事を行うことを可能にした。

「今日は来ないといけない気がしたの」彼女はヨービルを見ながら含み笑いをした。「帰ってきた旅人を見たくて仕方なかったのよ。もちろん、あなたたちが私を招いていないことはちゃんと分かってるわ。あなたたちだって長い間離れ離れだったんですもの。二人で話したいことがたくさんあるでしょう。でも、二人っきりがいいっていう時に余計な三番目の人間になって非難される危険をあえて冒そうと思ったの。私って勇気があると思わない？」

このように話したジョーンは、階段に案内された時、ロニーが玄関にいたのを見ていたのだった。だから、当然この昼食会がヨービルと彼の妻二人だけのものではないことを知っていたわけである。

「ロニー・ストアーが来ると思うわ」シシリーは言った。「だから、二人きりの時間を邪魔してはないのよ」

「ロニーね。彼は数には入らないわ」ジョーンは楽しげに言った。「あの子は見た目が良くてアスパラガスが好きな、ただの子供よ。すごくピアノが上手くなったって聞いたわ。残念ながら彼は太るわよ。音楽家ってみんなそうじゃない。だから彼もそうなるわ。私は同情して言っているのよ。だって、私も肥満の世界に引きずり込まれているんですもの。神なる設計士は恐れ多くも人間を素晴らしいものに作り上げるわ。その結果は見るに心地のいいものね。でも、その後で神は顎とウエストに余計な肉を加えて、その結果を台無しにするの。運の良いことに、ロニーが太って魅力が無くなったら、あなたはまた別のロニーを見つけることができるわよ。見た目が良くてアスパラガスが好きな少年はこの世で無限に存在しているんだから。あ、ストアーさん、今あなたのことを話していたのよ」

「悪い話じゃなければいいんですが」部屋に入ってきたばかりのロニーは言った。

「いえいえ、私たちは、あなたが将来何になろうとも、あなたが二重顎にならないと結論づけていただけよ。人間の顎が二重生活を過ごし始めると、その人が堕落できる機会は徐々に狭まるものよ。堕落した生活に憧れないなんて言わないでね。あなたのような目と髪色をした人は、みんな堕落してるの」

「ロニー、夫を紹介するわ」シシリーは言った。「じゃ、昼食をとりましょう」

「新婚時代に戻ったみたいな気分になってるんじゃないの、あなたたちは」皆が着席しているなか、ジョーンは言った。「離れ離れになってから、二人とも互いの性格や癖をずいぶん忘れたんじゃないかしら。昨日、悪友のエミリー・フロンディングにミューレーが帰宅したらしいって言ったら、彼女、間抜けな顔してあなたたちのことについて言ってたわよ。『変な絆ね』って。それから、『夫と妻が結婚生活のほとんどを海を隔てて過ごすなんて、それを結婚とはとても言えないわ』って。私は『そんなことないわ』って言ったわ。『結婚の一番いいあり方よ。今結ばれている夫婦たちが続々と離婚裁判所に行った後に時間を掛けてヨービル夫妻はしっかり結ばれて互いに尽くす夫婦になるわ』ともね。その時の私ったら、彼女の一番下の娘が去年離婚して、二番目の娘も同じことを考えてるって噂があること、忘れてたの。人間だから忘れることもあるわね」

ジョーン・マードルは驚くべきことに二百人や三百人もの知り合いに関する、本当に些細な事柄でも覚えていた。

ジョーンはプライベートな話を切り上げ、今の政治について雑談を始めた。

「ようやく貴族院の『正式表明』が出されたわ」彼女は言った。「ここに来る途中に新聞を買ったの。で、地下鉄に置き忘れたわ。もし、三代にわたって、今の当主を含めてね、忠誠の誓いをしなかったら、例外なく爵位が廃止されるんですって」

「今の段階ではどれくらいの人がその誓いをしたんですか？」ヨービルは尋ねた。

「まだ十九人くらいね。それに、主要な貴族はまだ誰もしてないわ。王朝が代わったことは日を増して受け入れられてきてるから、他の貴族たちも徐々に追随していくと思うわよ。それに、新たな爵位もどんどん与えられているわ。そういえば、ピザビーが著述活動を認められて、爵位か何かが与えられるって聞いたわ。学校向けの本で、ホーエンツォレルン家の短い本よ。それで受けのいいフリードリヒ二世の生涯についての本を出すのよ。少なくとも彼は読者受けを狙っているわね」

「彼が著述業に本気だったとは知らなかったよ」ヨービルは言った。「目論見書を時々編集していた程度だと思った」

「彼の歴史調査は身分の高い人たちから高い評価を得たんだと思うわ」ジョーンは言った。「野暮ったさはあるかもしれないけど、権威のある人たちから認められたということは、男爵の描写力の欠陥を補えるわ。ピザビーはとっても優しいのよ。『優しい心は高い地位に勝る』*ってことは、みんな知ってるわ。でも、優しい心と高い地位は相性がとてもいいのよ。あの愛すべき人は作家として活動する以外にも気前のいい芸術のパトロンとして知られ始めてるわ。彼はゴーラの初演のチケットをたくさん買ったのよ。特等席の二列目の半分もよ」

「ゴーラって、ゴーラ・マスターフォードのことですか？」聞き覚えのある名前にヨービルは尋ねた。「彼女が一体何の初演をするんですか？」

「何ですって？」ジョーンは驚いた様子で大声を上げた。「聞いたことないって、シシリーからは何も聞かなかったの？ 聞いたことないだなんて変だわね。だって、今の社交シーズンの目玉の一つよ。みんなその話をしてるわ。キャラバンサリー劇場で連想ダンスをするのよ」

「連想ダンスって一体なんでしょう？」ヨービルは尋ねた。

「最近できたものだわ」ジョーンは説明した。「少なくとも、この名前はとても新しいし、民衆にとってはゴーラも新しいわね。それだけでも流行を作り出すのには十分よ。彼女が披露するものの一つにはファウヌスの生涯を連想させるダンスもするのよ。リハーサルを見に行ったけど、私にはジョン・ウェスレー**の人生もファウヌスと同じくらい連想させられると思ったわ。きっと私の想像力に問題があるのよね。私には極端なところがあるのよ。まあ、それはいいとして、彼女がロンドンを席巻するのは間違いないわ」

「私がゴーラ・マスターフォードに最後に会った時は」ヨービルは言った。「彼女は世界を作り直すのが急務だと考えていた現代っ子のフラッパー***で、世界を再生するか、細密画家になるか迷っていましたよ。彼女が結局どうなったかは忘れましたが」

「彼女は自分の芸術にとても真剣なのよ」とシシリーが会話に入ってきた。「彼女は外国でたくさん学んで、技術を習得するのにとても努力したわ。脚光を浴びたいだけのアマチュアとは違うのよ。彼女は上手く行くと思うわ」

「でも、彼女の家族は何て言ってるんだ？」ヨービルは聞いた。

＊　**優しい心は高い地位に勝る**　桂冠詩人のアルフレッド・テニスン（一八〇九―一八九二）が一八四二年に発表した詩「名家のクララ嬢」の一節。
＊＊　**ジョン・ウェスレー**　ジョン・ウェスレー（一七〇三―一七九一）は聖公会の司祭で、メソジスト派の創始者の一人。
＊＊＊　**フラッパー**　この作品が発表された当時は、活発で大胆な女の子といった意味で使われていた。

「それは怒ってるわよ」ジョーンは答えた。「プロイセンの軍人やハンブルクのユダヤ人に凝視されながら娘がステージで跳ねたり体をねじったりするなんて、マスターフォード家にとってはひどい屈辱よ。あの家族がそんなに過激に反応するなんて残念だけど、彼らの言い分にも一理あるわね」

「その過激な見方以外にどのような見方ができるんでしょうか。私には分かりかねますよ」ヨービルはきっぱりと言った。「もしゴーラが人前で踊ることに芸術的な必要性がある、あるいは、そうしたいと思ったとして、どうしてそれをパリやウィーンでしないんでしょうか。どこでやるにしても、今のロンドンでやるよりはマシでしょう」

ジョーンが知りたがっていたヨービルの既成事実《フェ・アコンプリ》に対する考えについて彼はヒントを与えてしまった。この夫婦があらゆるものにかかわる本質的な問題について意見を違わせていることをジョーンは聞かずとも見抜いた。シシリーが今後を見据えて上流階級でいい立場を築く計画を練っていた一方、帰国したヨービルの精神状態は彼女の計画を駄目にする恐れがあるか、少なくとも、何かしらの重大な障害になりうると考えられた。この状況はジョーンには気分が良かった。

「ゴーラの舞台初日の夜、盛大な夕食会をするのよね?」彼女はシシリーに聞いた。「何人かの人たちから聞いたから間違いないはずだわ」

トニー・ルートンとストアー青年はシシリーが計画を取りやめにできないよう、この夕食会のことを触れ回っていたのだ。

「ゴーラは私の親友よ」シシリーはこの話が非常に軽いものであるかのような口ぶりで言った。「それに彼女は努力してきたのだから、少しばかりの励ましはあって然るべきだわ。彼女のために舞台初日の夕食会を開くことは彼女への思いやりになると思ったの」

誰もすぐには口を開かなかった。ヨービルが黙っているあいだは、ジョーンも口を閉じている方が得策だと考えていたのだった。

「考えるべきことは」シシリーは沈黙した空気に重苦しさを感じ話を続けた。「意気消沈して浮世離れするか、あるいは社会に参加するかということだと思うの。私たちが関わらなくとも、この世は回って行くわ。私には、壁を作って隠れているとか海外にいることよりも社会の営みの真っ只中で生きる方が、より愛国的だと思えるわ」

「もちろん、この国の社会の営みは続けていかなければいけない」ヨービルは口を開いた。「もし、ゴーラがコテージの経営や、そのような英国人の助けになる商売をしたならば誰が彼女を非難するだろうか。それなら僕も賛成だ。しかし、このような状況で舞台などといった都会の人たちの関心事に名家の若い娘が参加することが自己犠牲だなんて言えないだろう」

「こういう状況だからこそ、人々は興味を持てること、夢中になれることを欲してるんじゃない」シシリーは反論した。「起こったことは、どうにもならないわ。結果をなかったことにはできないし、そこから逃げ出すこともできないわ。私たちにできること、あるいは、やろうとしているのは、人々のつらさ、不幸を少しでも和らげることよ」

「言い換えれば、より満足した状態というところだね」ヨービルは言った。「もし、僕がドイツの政治家だったら、英国人に対して不満を忘れさせることを目的に努力を重ねるし、他の人間にもそうするよう促すよ。ロンドンの社交界を活発にする全ての努力は『プロイセン王のために尽くせ』という言葉に集約できるのかもしれないな」

「この話をこれ以上する意味はないわね」シシリーは言った。

「盛大な夕食会が取りやめになることはなさそうね」とジョーンは挑発的に言った。

ロニーは不安げにシシリーを見た。

「もし、あなたに信頼できるレベルの予知能力が備わっているとしたら、夕食会が開かれるのが分かるはずだわ」シシリーは言った。「もちろんミューレーはゴーラがやっていることに気持ちよく賛成できないから、ここでパーティーはしないことにするわ。レストランでする。以上よ。ミューレーの言っていることにも一理あるし、それに、彼の気持ちも分かるわ。でも、ゴーラを見捨てるつもりもないの」

ここで、また気まずい沈黙が続いた。「このオムレツ、最高だよ」ロニーは言った。

これが、この場の会話で彼が貢献した唯一のものだった。しかし、価値ある一言だった。

# 第六章　クワル卿

クワル卿はブランデンブルグカフェでいつもの席に座っていた。この建物は新しく、カフェの客がレ、ゲ、ン、ト、シ、ュ、ト、ラ、ー、セ、と呼ぶ通りの南端にあっても存在感があり、そして、大変繁盛していた。この店は新しくとも、すでに暗黙のルールが店と客の間で成り立っていた。そしてクワル卿の特別席の神聖さはこの店の伝統の中ですでに権威づけられていた。この席にはチェス一式、『新プロイセン』紙、『タイムズ』紙、貯蔵庫でしっかり冷やされたボトルネックの細いラインワインが、朝と呼べる時間が終わる頃に置かれているのがいつものことだった。そして、これらの準備をして迎える大事な客は普通十一時を少し過ぎた頃に到着するのだった。一時間かそこら、彼は二つの新聞の内容を咀嚼し、彼に退屈の素振りが見えるとすぐに、別の常連客が彼の方に歩み寄る。軽く世間話をし、そして、その話し相手が向かいの席に座るよう促されると、ウエイターは速やかに各種の戦闘に臨む駒が並べられたチェスボードをテーブルに置くのだった。

クワル卿はいかにも北ドイツ地方の人間らしい金髪の壮年で、がっしりした体つきの男であった。それに加えて、鈍重さと残虐さを伺わせる表情をしていた。並外れた能力と鋭さは、その間抜けな表情によって隠されていたし、その残虐さはどこにでもいそうな心優しい人に見えるという事実によって覆われていた。人生のまだ早い時期、十三歳になる少し前にフリッツ・クワル少年は世界をありのままに受け入れると決めた。そして、自分の明晰な理解力と安定した幸福感は、この揺らぎない哲学的信念から得られたのだと考えた。もしかしたら、彼は原因と結果を間違えていたのではないだろうか。彼の明晰な理解力こそが、少なくとも、その哲学の揺るぎなさに幾分か寄与していたかもしれないのだ。

また、彼はあえて結婚しないというタイプの独身だった。独り身を貫くと言う方がより適当かもしれない。若い時分から今に至るまで、結婚をしようなどとは露ほどにも思わなかった。子供や動物を愛する気持ちはあったが、女と植物は彼にとって、どこか邪魔なものだと考えていたのだった。それでも女と薔薇とアスパラガスの無い世界は美しさに欠けると認めてはいた。しかし、美しくはあれど、これらは、厄介で、刺々しく、不安定だとも考えていた。いつも、望まれない場所に登ったり、這ったりするくせに、花開いて欲しいと願われる時には図ったように、しなだれて、朽ちていくからである。一方で動物は世の中をありのままに受け入れ、その中で懸命に生きている。子供たち、少なくとも大人の影響で汚れていない子供たちだが、彼らは自分たちが作る世界の中で生きている。

クワル卿は今住んでいるこの英国では公に職を持っていなかった。しかし、この国の舵取りをする人たちは、熟慮を要するほとんど全てのことについて彼の助言を求めた。また、彼が与えた助言が無視されることはまずない、というのは公然の秘密だった。この占領国の最も明敏で成功した法令のうちのいくつかは、この間抜けな表情をしたブランデンブルグカフェの常連客の脳細胞から作られたものだった。

このカフェの板張りの壁には一定の間隔でイノシシやヘラジカ、雄のアカジカとノロジカなどいった北部の森で狩られた獲物の首がしっかりと掛けられていた。その間には最近地域を拡大したマグレブルグ、それに、マンチェスター、ハンブルク、ブレーメン、ブリストルなどといった主要都市の紋章が飾られていた。それらの下には石でできたビール用マグカップを飾った棚が置かれていた。マグカップは素晴らしい模様や格言で装飾され、ほとんどのカップは常連で気っ風のいい客専用のものだった。この店の角にある一番高い棚の上、この店で最も高い場所には、邪魔をするのが憚られるほどゆったりとくつろいだ様子で、大きな灰色の家猫ヴォータンが寝ていた。三階下の倉庫にいるすばしっこくて大胆なネズミの夢を見ているに違いない。熟練の狩人にとって狩猟場での生意気な鳥が有難いように、すばしっこくて大胆なネズミは、この猫にとっても嬉しいものである。ヴォータンは威厳のある足取りでピカピカに磨かれた床を歩き始め、途中立ち止まっては半端になっていた毛繕いを再開し、そして、悠々とした調子で友人のクワル卿に日に一度の敬意を込めた挨拶をするのだった。クワル卿にとって、毎日こうして挨拶されるのは自分が得てきた数々の勲章よりも誇らしいものであったという。彼以外にも何人かの友人知人はプロイセンの最高勲章である黒鷲勲章を受ける、という栄誉に与《あずか》ったが、彼らのうち誰一人としてヴォータンから認められることには少しも成功しなかったからだ。

こうして、日課の挨拶が交わされると、この灰色の毛に覆われた誇らしげな動物はまどろんで喉を鳴らすゴロゴロという音楽の中へと去っていくのだった。『新プロイセン』紙と『タイムズ』紙がクワル卿による最後の熟覧を経て、脇へと置かれた。そして、七月の太陽にピカデリーホテルの壁と窓が照らされているのを彼はぼんやりと眺めていた。すると、小太りのポメラニア人銀行家リービノック氏が、ヴォータンばりに音も無く近寄ってきた。もっとも、優雅さという点では両者は全く異なっていた。そして、三十秒後には見る者を圧倒するような速さでチェス盤の上でポーンやナイト、ビショップを前や後ろに動かすこの勝負に彼は参加していたのである。彼や彼の対戦相手のどちらも、それぞれが銀行業や政治で発揮するほどの技量はチェスに関して持っていなかったし、両者ともが普段見せる堅苦しいまでの礼儀正しさは、ことチェスの勝負に関しては見られなかった。人を馬鹿にしたような言動や攻撃的な皮肉が駒を動かすたび、矢継ぎ早に浴びせられた。そのような会話を聞けば、チェスに詳しくない傍観者なら、楽で圧倒的な勝利がどちらの対戦者にも約束されている、という不可解な印象を抱くことだろう。

「ああ、困ってるぞ。可哀想に、どうすればいいか分からないんだな。ああ、そこに動かそうとしてるな。まあ、多少ましにはなるかもしれないな。こんなにひどい棋譜は見たことないな。どうしようもできないぞ。もう打つ手なしだ」

「おっ、ビショップを取るのか。私がビショップを大切にしてるとでも考えているんだろう。取ればいい。じゃ、王手だ。見たか。ああ、怖気づいているのがばれてるぞ。ここからだといい手が打てないだろう。ひどい状況に陥ったな」

小太りの銀行家が不用意な一手を打ったことによりクイーンを失うまで、駒、無礼、そして形勢の優劣がきびきびと双方を行ったり来たりしながら、このように勝負は続いた。

そして、銀行家は惨めさのあまり何度となく肩や手に力を込め耐えていたが、結局、試合の続行中止を申し出た。ポマードを塗った給仕補が急いでチェスを片付けた。そして敵同士だった二人は対戦をしていたときにはなかった礼節ある態度で再び接し始めた。

「今日の『ゲルマニア』紙は読みましたか？」給仕補の少年が適当な位置に遠ざかるのを待ってリービノック氏は尋ねた。

「いえ」クワル卿は答えた。「『ゲルマニア』紙は読まないんですよ。何か興味深い記事がありましたか」

「『占領か同化か』と題した記事がありましたよ」銀行家は答えた。「重要な事柄ですし、また、記事自体もいいものでした。まあ、悲観的ですがね」

「カトリック系の新聞は世の中で起こることについて、いつも悲観的なものですね」クワル卿は言った。「これはちょうど、死後の世界について彼らが楽観的すぎることの裏返しですね。内容はどうでしたか？」

「我々の英国への侵攻は『終了の知らせ』がいつも選択肢にある状況では、結局のところ、一時的な占領にしかならないと言っています。あの島の人間をザクセンやバイエルンの海洋国家版のように考え、我々の帝国に吸収できるという希望は持てない、あらゆる歴史の教訓に反するものだ。ザクセンとバイエルンが帝国の一部となったのは歴史的に自然な流れであるが、イングランドに関しては、歴史に反して帝国に縛り付けられているに過ぎない、とも言ってます。このような調子で、他にも英国を併合できない理由が書かれているのです」

「その記事を書いた記者は歴史をあまり深く学んではいないようですね」クワル卿は言った。「その記者のいう不可能なことは歴史上すでにあったわけです。それも英国で起こったのですよ。ノルマン人の侵攻は何世代にもわたったゆるやかな同化だったわけですから」

「まあ、その時代なら、そうですね」銀行家は言った。「しかし、事情は今とは全く違います。現在のような素早い情報の伝達も、状況に即して世論形成する術もなかったわけですし。もっといえば、形成することができる世論があったかどうかも怪しいものです。今あるように同じ国家に属することで生じる強い同族意識はなかったでしょう。デヴォンやケントから見ればノーサンバーランドはノルマンディーと同じくらい異質なものだったことでしょう。それから、当時の教会は国際社会で大きな存在でした、さらに十字軍の遠征では、一人のリーダーのもとで同じ目的のために人々が団結して戦いました」

「我々の目的を阻むさまざまな問題があるのは知っています」クワル卿は同意した。「しかし、我々に有利な事実も考えに入れておくべきでしょう。近年の歴史が語るところで、支配された側が同化に反対して抵抗したほとんどの場合には、人種以外に宗教の違いがありました。例えば、ポーランドやカトリック側のアイルランドがそうです。もし英国人が自分たちはフランス人とは違うと主張し始めたとしたら、それは、彼らがフランス人に比べ、行動においても精神性においてもよりカトリック的だからです。一方で、我々にはそのような問題はありません。われわれは一部の少数派を除けば全体としてプロテスタント国家です。これは英国も同じと言って差し支えないでしょう。それに異なる人種を友好的に繋ぐスポーツや演劇といった魔法が現代にはあります。ロンドンのサッカーチームに一人二人のドイツ人プレイヤーがいれば、政府や議会の懸命な努力よりも特定民族に対する嫌悪感を無くすことができるでしょう。舞台に関して言えば、これはずっと前から国境を跨いで上演されるのが一般的になっています。あなたもご存じの通り毎日どこかで外国の芝居が上演されています」

銀行家は頷いた。

「一番の問題はロンドンではありません」クワル卿は続けた。「戦争が終わって以来ロンドンにはドイツ人の流入が止まりませんし、都市全域で、その住人たちの様相が変わりつつあります。ある通りは、まるでドイツの街並みであるかのごとく思えるでしょう。しかし、現状では都市部以外をドイツのようにすることはほとんど不可能といえます。それでも、働き盛りで容易に海外に行ける多数の英国人がすでに移住していて、さらに、大勢が彼らのように移住しようとしていることを考えに入れておくべきでしょう。彼らが抜けた穴は、前キリスト教時代、ゲルマン人がイングランドを植民地にしたように、我々の余剰人口で埋めることができます。蠅が飛び回り熱病に冒される危険がある熱帯で住むのに適した土地を探すよりは、テムズ川周辺の豊かな草地やサセックスとバークシャーの環境のいい丘陵地や高台の方に入植する方がいいと思うでしょう？　今のドイツ人には藪や原野、それに棘だらけのジャングルよりも、移住するのにましな場所があるんですよ」

「もちろんですとも。もちろんですとも」リービノック氏は同意した。「それでも、この好ましい移住と同化が進んでいく一方で、征服された英国が抱いている敵意についてはどう対処するんです？　偉大な伝統を背負って支配者としての意識が高いこの国の人々は、あなたがドイツ化を進める間、ただ座って目を閉じたまま腕組みしている、というわけにはいかないでしょう。彼らを大人しくする術はおありですか？」

「状況が絶望的であると思わせるんですよ。数世紀にもわたって英国は海を支配していました。その結果、世界の半分をその影響下にするに至ったわけです。しかし、維持には高い費用と困難を伴い、かつ、他国からの嫉妬心を買い、軋轢をも生む海の支配者としての地位を英国は自ら放棄したわけですが、今では、逆に海に支配されるようになってしまいました。英国に打ち寄せる波の一つ一つが英国を閉じ込めている監獄の鍵を揺らし、閉じ込められていることを知らしめるのです。リービノックさん、私は好戦的な人物ではないのですが、正直に言いますと、ドーバーにいるときに、まあ、サウザンプトンでもいいですが、海面に見える黒い染み、それから、空にある灰色のいくつもの点を、つまり、戦艦と巡洋艦と戦闘機を見て、それが我々にとって何をもたらすのかを考えると、私の心臓の鼓動は少しばかり早くなるのです。もし、明日、全てのドイツ人が英国から追放されたとしても、三週間もすれば、自由に行き来できるようになりますよ。偵察艦や偵察機を組織的に張り巡らせていますから、一隻分の食料ですら英国に届くことはないでしょう。どれだけの期間、独立状態を保ち、また、飢餓状態を耐え忍ぶことができるかは計算できるわけですから、彼らも自分たちがどういう状況にあるかは分かっているのです。だから、失敗するのが確実な試みなどしてくるはずがありません。ふつうの勇敢な者は見込みのない希望のためにでも戦うでしょうが、真に勇敢な者は絶望しかないと知っている時は戦わないのです」

「それは、つまり」リービノック氏は言った。「今の状況なら、彼らが英国内からできることは何も無い、全く無い、ということですね。これは、我々が事前に計算した通りですね。しかし、『ゲルマニア』紙が指摘するように、海外にも英国はあるわけです。例えば、デリーの王室が同盟を結ぶと仮定して……」

「同盟？　どこと結ぶのです？」政治家は彼を遮って言った。「ロシアは我々が抑えておけます。デリーよりも我々の方がロシアの最西端に近いのですよ。五時間もあればバルト貿易を止めることができます。フランスとオランダは我々との関係が悪化するのを恐れてますよ。何もかも失う可能性があるのですから」

「我々に向かってくるかもしれない戦力が他にもありますよ」銀行家は反論した。「アメリカ、日本、それに、イタリアです。どの国も海軍を持ってます」

「軍備を整えていつでも戦える強国が、他国との対立に悩まされるという歴史の教えがありますか？」クワル卿は言った。「対立はせいぜい感情レベルだけにとどまるでしょう。行為には至りません。危険は常に弱い側、分裂した国に迫るものなのです。ちょっと考えてみてください。弱体化してバラバラになった英国が、他国に野心を抱かせるような無防備な支配地域を持っていますか？　我々が刈り入れた場所で日本がまだ何か拾えるものはありますか？　北アメリカが保有しているもので他国が持っていけるものはありますか？　ロシアはアムダリア川より南にこれまで南下の野心を持っていましたか？　言っておきますが、我々はナポレオンがしたように全てのヨーロッパを従えようとすることも、敵に回すこともしませんよ。ナポレオンと同じ轍は踏まないのです。我々は他国を脅かしません。ナポレオンがまだ倦き足らなかった程度の成功で満足なのです。我々は一つの強国を世界の勢力図から引きずり下ろしました。それは、その国が我々の邪魔をしたからです。それでも、我々は自分たちの勢力をその国の支配地域全域にまで広げることはしませんでした。カナダ共和国を作って属国にしたりはしませんでしたし、南アフリカを分割することもしませんでした。また、インドの支配者になるという野心も抱きませんでした。反対に、近隣の国々に対しては友好の証を示したのです。少し前に、フランスがスペインとモロッコの境界線について揉めた時は、フランスを支援しました。そして、我々が北海で行っているように、フランスにも北アフリカの沿岸地方で他国から文句を言われる余地のない使命がある、と意見を出したのです。これは、武力行為でも言葉の暴力でもありません。明らかに違います」少し間を置いて、クワル卿は続けた。「世界は我々を恐れ、そして憎むかもしれません。しかし、現在のところは、少なくとも団結して我々に敵対する勢力はありません。いや、ある岩の上に築こうとしている我々の同化政策は転げ落ちる可能性があります。反対に、その岩が確固たる支えとなる可能性もあります」

「そして、その岩とは？」

「英国の若者です。今はまだ台頭していない世代です。彼らこそ、我々が取り込まなければならないのです。彼らには忘れるように教え、上手く導かなければなりません。エルブ地方のザクセン人とバイエルン人とシュバーベン人がプロイセン人と融合しました。そして王権を持ったホーエンツォレルン家のもと団結して忠実な国民となったように、いずれアングロ・サクソンもドイツ民族と融合するでしょう。そして、ローマとカルタゴが一つになったように、我々は輪をかけて強力になるでしょう。シャルルマーニュが見たこともないほどに西の帝国は偉大なものとなるのです。そうなれば、スラブ諸国やラテン諸国、アジア諸国に対して確固たる地位を保てるし、文明国の中心的国家として君臨することができるのです」

この話し手は、一旦話をやめ、覇権国家として将来繁栄することを祈願するかのように、ワインをゆっくりと流し込んだ。そして、より落ち着いた声で話を再開した。

「しかし、その一方で、英国の若い世代の人たちは憎しみを引き継いで育つかもしれません。彼らは我々の提案にことごとく反発し、何も忘れず、許さず、そして、我々が弱みを見せたとき、また、我々が何かの危機に巻き込まれたとき、あるいは、我々が四方八方に対処できなくなったときを、じっと目を凝らして待つようになるかもしれません。そうなれば、我々がやってきたことが失敗する危険にさらされてしまう、もっといえば、無駄になってしまうでしょう。若い世代にこそ危険が潜んでいます。その一方で希望もあるのです」

「別の危険もありますよ」太い葉巻の濃い煙の中、銀行家はクワル卿の言葉をしばらく考えてから言った。「私が思う危険はすぐそこにあります。あなたの計画を挫かせるような強い怒り、とまではいえないかもしれませんが。兵役に関する法律をそろそろ作らなければなりません。しかし、これが大きな不評を買うようなものになると困ります。兵士としての訓練と任務に関しては、帝国の他の臣民同様に、この島国の人々も果たさなければなりません。これを彼らがどう受け止めるでしょう？　このような法律を課せば、我々に強い怒りを覚えるのではないでしょうか？　彼らは兵役の義務を避けるために多大な犠牲をこれまで払ってきたんですよ」

「なんと皮肉なことか！」クワル卿は声を上げた。「あなたが言う通り、彼らは大変な犠牲を捧げたのです！」

# 第七章　誘惑

シシリーは希望通り、予定していた夕食会の開催を決行した。そして、ヨービルは、その夕食会について嫌な気持ちはあったかしれないが、これ以上反対意見を言うことをやめた。彼女は自分の意見を通すことができたが、さらに、ヨービルはこの件に関しては相談を受けた、という印象を彼女は夫にどうしても与えておきたかった。そうすることで、彼女は自分の成功を夫婦間で話し合い妥協をした結果、となるようにしたかったのだった。また、ジョーンの場をわきまえない言動と探るような目から解放された時に夕食会について話し合うことができたのはシシリーにとって大きな救いだった。

「あのつまらない夕食会のことであなたが気分を悪くしていないといいのだけど」大きな話題になっていた公演初日を迎える朝、彼女は言った。「開催する約束をしてしまったから、ゴーラに悪印象を与えずに取り消すことができなかったの。それに、取り消すのはどのみち失礼になってしまうわ」

「どうして失礼になるんだ？」ヨービルは冷たく言った。

「敵意を向けたくない人たちの間で敵意と取られてしまうわ」シシリーは言った。

「既成事実《フェ・アコンプリ》が心配の種になっている人たちの間でだね」ヨービルは言った。

「ねえ、あなた」シシリーはできるだけ議論を避けるような口調で言った。「なんで夕食会を開くのか、包み隠さず言った方がいいわね。もし、今のロンドンで生き抜いていきたかったら、既成事実《フェ・アコンプリ》をできるだけ好意的に受け取ると決心しなければならないわ。私はロンドンで生きていきたいの。生き方を変えて、他の場所で、別の環境で新たに生きるなんて嫌よ。私が根を張ってるこの土地から引き離されて生きる未来と向き合うなんて出来ない。移住先での生活には絶対に耐えられない。海外の町や、植民地の町はもちろん、イングランドの田舎町でだって、私が生きがいを見つけて暮らすなんて無理なの。インドなんて嫌よ。ロンドンは私にとって、ただ住んでるだけの街じゃないわ。ここが私の世界なの。たまたまこの世界は私に合ってたし、私もこの世界に合ってるの。ドイツの占領、まあ、他の言い方をする人もいるけど、これは悲劇だわ。でも、この悲劇はポンペイのベスビオ山から溶岩が押し寄せてくるようなものではないわ。慌てて逃げる必要はないのよ」彼女は付け加えた。「ひどくショックを受ける人もいるわ。環境の変化にすでに慣れたような人でも、ショックを受けることがあるのよ。それでも、あきらめて耐えることを学ばないといけないわ」

「耐えられないものだとは考えてないのか？」ヨービルは言った。「ここにいる数日間で、耐えられるとはとても思えないものを目にしてきたよ」

「それは、あなたがまだ慣れてないからよ」シシリーは言った。

「耐えられるようになるなんて望まないよ」ヨービルは言い返した。「他国を支配していた国に生まれ、そのことで尊敬もされてきたんだ。支配されることを甘んじて受け入れ暮らしていくなんてまっぴらだよ」

「今以上に事態が悪くなると考える必要はないのよ」シシリーも反論した。「大きな軍事的失敗はあったわ。その結果、政治にも大きな動きが起きた。でも、過去に起きた同じような災難がそうだったように、いずれ時間が解決してくれて、全てが上手くいくようになるわ。今回だけが違うなんて信じる理由はないのよ。私たち英国人は風に吹き飛ばされて散り散りになったわけでも、地球上から消し去られたわけでもないわ。今でも重要な民族なのよ」

「外国の帝国の中で生きる民族」ヨービルは言った。

「その外国の帝国の中でも、力を行使できる地位に就くことだってできるかもしれないわ」シシリーは言った。「私たちの国民性を帝国に認識させることや、あるいは、未来の王朝と政策の流れを操ることだって出来るようになるかもしれないわ。このようなことは歴史の中でも起こったのよ。そうでなければ、私たちが十分力を蓄えて、有利で効果的なタイミングで、ドイツとの繋がりを断つことができる時が来るかもしれないわ。でも、今は日々の仕事や、人付き合いを今まで通りにやっていく以外にできることなんてないの。だから、この現状がどれほど嫌なものでも、適応していくしかないじゃない。植民地の原野に移住するとか、頑なにロンドンの日常生活から距離を置くことは何の解決にもならないわ。ミューレー、本当よ。ちょっとでも考えてみて。そうすれば、私がやっていることこそが、分別のある愛国者の行動だと理解できるわ」

「神がある者の牙を抜こうとする時、まず初めに、神はその者の分別に訴える」*ヨービルは辛辣に言った。「英国がどうにか独立して世界での重要な地位を回復するために百年や二百年もの間、僕たち英国人がペコペコと卑屈にならなければいけなくなっても君は平気なんだろうね。もし、そのような復興が未来に起こるとしてもね。僕たちが生きている間には実現しないよ。そんな運命の転換を悠長に座して待つ忍耐力も冷静さも僕は持ち合わせてないんだ」

シシリーは話の流れを変えた。彼女がこの議論を持ち出したのは、自分の考え方を明言して、夫に慣れておいてもらうためだった。それは不慣れであるがいずれ越えなければならない障害物へと不安げな馬を連れていくようなものである。

「いずれにしても」彼女は言った。「今できる一番現実的なことは、熱病の後遺症から完全に回復するまで、イングランドに留まることだわ。狩猟シーズンが来るまでどうにか時間をやり過ごして、そして、ウエスト・ウェセックスの郊外へ行くといいわ。あそこの人たちは次のシーズンの狩猟場の主人を探しているわ。もし体調が許せばしばらくの間主人

---

＊ **神がある者の牙を抜こうとする時、まず初めに、神はその者の分別に訴える**　原文は"Whom the gods wish to render harmless they first afflict with sanity"で、この格言にはさまざまなバージョンが存在するが、最も多く用いられる形は、「神がある者を破滅させようとする場合、まず初めに神はその者の分別を奪う」である。これはヘンリー・ワーズワース・ロングフェロー（一八〇七―一八八二）が一八七五年に発表した「パンドラの仮面」の一節"Whom the gods would destroy they first make mad"から用いられている。

になってもいいわね。夏はノルウェーで釣りをして、冬はウエスト・ウェセックスで狩りをすればいいじゃない。私もそこに行って少し狩りをするわ。それにホームパーティーやゴルフを合間にしてもいいわね。昔のように楽しみましょう」

ヨービルは妻を見て笑った。

「イングランド内戦で最も激しい戦いが繰り広げられていた時期に、よく猟犬を連れて狩りをしに行ってたあの男の名前は何だったかな？　チャールズ王と議会軍が戦闘を始めようとしているところで、その両軍の間を猟犬を引き連れた彼の姿がケートン・ウッドヴィル*か誰かの絵に描かれてたな。チャールズ王は武器を取って向かって来る敵よりも彼の方をずっと嫌っていたんじゃないかとよく考えるんだ。彼らは敵だったが、彼らとて、この国のために戦っていたのだから。もし、今の英国で趣味と兵役のどちらかを取るとなれば、あの男の真似をする人がたくさん出てくると思うよ。ドイツの勝利は英国のゴルフ場で決まったと、すでに誰かが言っていたかもしれないけど、そう断言してもいいくらいに考える人はいると思うよ」

「あなたが、どうして一つの趣味に多大な責任を負わせるのか分からないわ」シシリーは抗議するように言った。

「そうじゃないよ」ヨービルは答えた。「でも、他のスポーツと比べれば有閑階級のエネルギーと意識が注がれているだろうと思うからね。この国では有閑階級が世間の無関心から僕たちを守る唯一の砦なんだよ。労働者階級の大部分は無関心なのに、間接的にでも彼らは有閑階級よりも大きな力を持っているんだ。なぜなら、投票権という数の力があるから。どんな危険に英国が直面していたか熟考する余裕なんて彼らにはなかった。知ってるドイツ人といえば、店員やウエイター程度で、そんな彼らにとって、ドイツからもたらされるどんな脅威よりも、労使闘争の方がはるかに現実味のあるものだったんだよ」

「いずれにしても」シシリーは言った。「狩猟に関して言えば、今は内戦や国家間の戦争の渦中にあるわけじゃないし、それがすぐに起こる可能性もないわ。この国の独立戦争の可能性について、私たちがわずかにでも考えることができるようになるまでに、素晴らしい狩猟シーズンが幾度となく過ぎていくわよ。私たちにチャンスが訪れるまで、英国人をこの国内で団結させることが最もできそうなのは、狩猟や馬の繁殖、それに野外スポーツ

---

* **ケートン・ウッドヴィル**　リチャード・ケートン・ウッドヴィル・ジュニア（一八五六―一九二七）のことだと思われる。彼は戦場の絵を描く画家として有名だった。

全般だと思うの。だから、ドイツの占領を嫌うたくさんの人たちは野外スポーツを廃れさせないよう、そして、他国の手に渡らないように頑張っているのよ。でも、言い争いはしたくないわ。あなたも私もいつだって私たちのためになるように考えて決断をしてきたわ。長い目で見ればこれが最善だと思う」

シシリーは何より重要な夕食会の最終調整を電話でするため、書斎に引っ込んだ。そして、ヨービルは彼女の提案に考えを巡らせた。これはあからさまな誘惑だった。その誘惑とは彼を捉えて離さない憤りや怒り、という彼女にとって不都合なものから、彼を引き離すためのものだった。それは、あからさまなものだったにもかかわらず、少しもその魅力を減じさせることがなかったのである。気を張らずに楽しんだ少しの狩りとか、陽気な小川が静かな渓谷を流れるように眠たげな田舎の地で過ごした日々といった、ウエスト・ウェセックスでの良き思い出がヨービルに蘇ってきた。長期にわたる闘病で疲弊した状態から、時間を掛けてゆっくりとではあるが、切実に元どおりの生活をしたいと願う男にとって、ウエスト・ウェセックスで狩猟シーズンを過ごすという考えは単純に魅力的だった。そして、その魅力と相まって出てくるのは、誘惑に屈することを正当化するための都合の良い言い訳だった。その一方で彼が想像したことは次のようなものだった。小地主や自由農民に混じって医者や地方の小売商人、競売人などの人たちが目立たない場所にある食事の場に集まったりしている。彼らは、この国が隷属させられたことに反抗する小さな組織と考えてもいい。しかし彼らには、リーダーがおらず、意気消沈している。さらに、自分たちの抵抗運動が機能するよう組織してくれて、自分たちの王家への忠誠心や愛国心の篝火を絶やさないよう鼓舞してくれる誰かを待っている。ということを彼は想像したのだった。また、ヨービルはそのリーダーになる自分を想像した。そして、既成事実《フェ・アコンプリ》に対する彼らの怒りを鼓舞し、蔓延しているあらゆるドイツ的な影響に対して根強い抵抗運動を行い、地元の若者に対してはドイツではなくデリーをしっかり向くように教育する自分を想像したのである。ヨービルはこのように自分自身に誘惑を仕掛けたのだった。しかし、非常に強く惹きつけるもう一つの餌についても彼はぼんやり想いを巡らせていた。厩の暖かく乾いた香り、身を刺すような朝の冷たい空気、ぎしぎしと鳴るサドルレザーの心地よい音、秋の森と休閑地の湿った土の香り、冬に立ち込める白く冷たい霧、猟犬のクンクンと鳴く音や、猟犬の群れが溝や生垣、藪をがむしゃらに駆け回る様子、人が通るとうるさく鳴きながら飛び立つ鳥、田舎の家のキッチンや市場が開かれる日の酒場で交わされる気さくな挨拶と軽い噂話、などといった狩りの素晴らしい思い出が脳の中で積み上げられた。この多くの喜びを与える誘惑は、旅に疲れ、うるさい都会の生活に興味のなかった男にとっては特に抗い難かった。暑いロンドンの日差しが照りつける煙とススで汚れた壁や道路からいつも聞こえる自動車の醜いクラクションの音は、ヨービルの心に浮かんでは消える丘や窪地、そして低木地をひとしお恋しく思わせた。うっとりとした感覚を伴ってなかなか消えない彼の想像は、規模は小さく人の数は少ないものの、ほどよく活気のある市場へ移り、ありありと広がるその空想に彼は次第に没入していった。藁が散らばった広い庭が意図したかのごとく眼下に広がった。その庭の半分程度は人で埋まり、それよりもさらに半分を馬が占め、その中には尻尾の短い牧羊犬が数頭、人や馬の邪魔にならないように、しかし、注目を浴びようと動き回っていた。馬たちは、人の群れから徐々に連れ出され、良い点や悪い点を指摘されたり褒めちぎられたり、そして最終的には競り落とされるため、一頭一頭につかの間の脚光が浴びせられていた。ある馬が他の馬の中でも特別目立っていた。理想的な狩猟馬だった。少なくともヨービルにとっての理想的な狩猟馬だった。心の中で彼はその馬を目の前まで歩かせた。この馬の血統や短い歴史が彼に語られた。厩舎の少年がこの馬を皆の前で華麗に数回ジャンプさせた。そして、ヨービルは自分の厩舎の中で最も自慢の一頭とするために、そして、記憶にずっと残る幾多の楽しい乗馬をするために、彼は見識眼の劣る他のライバルよりも当然のごとく高い値をつけてこの馬を競り落とした。この場面は故郷からずっと離れたフィンランドの療養所で長期間病床に伏していた頃、白昼夢として繰り返し見たものの一つだった。この夢は、ある時は彼を苦しめる無駄なものだったが、また、ある時は将来に味わう喜びの先取りのようなものだった。そして、今やこの夢は実現できるところまで来ていたのだった。実現するのに必要だったのは、いいタイミングで出向いて、何度も繰り返し想像した競りを行うだけでよかったのだ。空想した通りのものが寸分違わず配置されているはずだ。尻尾の短い牧羊犬ですらそこにいるだろう。また、彼の想像した馬は、そこで彼を待っているだろう。もし、完全に彼の理想と一致しなくとも、それに非常に近い馬であるに違いない。彼の想像を超えて、理想の馬が一頭ではなく、二頭いるかもしれない。昔とは違って、近頃はいい狩猟馬の買い手が少なくなっているはずである。ここまで考えを巡らせると、彼は空想から突然我に返った。そして、つかの間忘れていたバッキンガム宮殿の正面にたなびく黄色と黒の旗に象徴される、あのうんざりするほど憎らしいさまざまなことが苦痛となって彼の心を再び襲った。

　ぼんやりと落胆した気持ちで、ヨービルは自分の部屋にふらふらと入った。あてもなく、また、落ち着きなく数冊の本や書類をめくったり、パイプに葉を詰めたり、破ったチラシや机の上のゴミなどでくず入れを半分満たしたりした。そして、パイプに火をつけて、古いノートを手に、最も寛げる肘掛け椅子に座った。このノートの中身は飛ばし飛ばしに書いた日記だった。数年前の冬の数ヶ月間、イースト・ウェセックスで過ごした特筆すべき日のことがぱらぱらと書かれていた。

乗馬の楽しみや、打ちひしがれた祖国への愛などとはまるで無縁の男女相手に、シシリーは電話で段取りをつけたり、相談をしていた。

# 第八章　初日公演

キャラバンサリー劇場に張り出された巨大なポスターには、興味深く独特なダンスを披露するゴーラ・マスターフォード女史の初公演が告知されていた。険しい表情をした若い女性の抽象画は人々に踊り手がどのような風貌をしているのか漠然としたイメージを与えた。また、このポスターには彼女のパフォーマンスが今の演劇シーズン最大の目玉だ、という言葉も添えられていた。しかし、また新たな告知が開場数分後になされた。大きな文字で短く「満員」と張り出されたのだった。この初日の催しではほとんどの座席が特別招待客のために取ってあったか、あるいは、このような場に出席することが自身の評判のために重要だと考えた人によって予約されていた。

ゴーラは演目の最後の方で登場することになっていたが、開演間もなく余興が始まる頃には、会場は期待に胸を弾ませる大勢の人々で賑わっていた。あたかも、観客は他の人が遅れて入ってくるのを見てやろうと待っていたかのようだった。実のところ、人々がこのように早く会場に入っていたのには、ある人物が来るという噂が広まっていたためでもあった。この夜は、二重の期待を人々は抱いていたのだった。

観衆全体では、一見主要なヨーロッパの民族によってバランスよく占められているようだったが、しかし、よく見れば、このバランスというのは民族的というよりは、地理的なものであったといえる。男も女も、パリやミュンヘン、ローマやモスクワ、ウィーン、あるいは、スウェーデン、オランダ、他にもさまざまな国や都市から来ていたが、その大多数はヨルダン渓谷にまで遡れば、同じ祖先を持った民族といえるのだった。そしてこの民族がかつて共有した消えいりそうな祭壇の炎は、芸術家であれ、プロデューサーであれ、批評家であれ、斡旋人であれ、仲介業者であれ、あるいは、非常に知的で博識な一般客であっても、この舞台のきらめく脚光《フットライト》を餌に皆を引き合わせたかのようだった。彼らは上席に座って目立っていた。他の席に比べて疎らではあったものの、数は少なくなかった。もっと廉価な席、あるいは、他の普通席で溢れかえっていたのは、全てを見逃すまいとしている割には何も理解できそうもない目をした客で、みな目立たない割には、気づかれないことを恐れ、身振り手振りを加えて話していた。彼らは口達者な者もいれば、自信たっぷりの様子な者、お気楽な者や懐疑的な調子の者、出し惜しみなく意見を言う者などさまざまだった。舞台が進行していくなか、さほど高価ではない席にはロンドンの民衆に混じって兵士の姿もあった。その一方では、ボックス席、一階の一等席、桟敷席といった高級な席から、まばゆいばかりに輝く軍服を見ることは、新しい体制下での初日舞台に来たことがない者にとっては馴染みのない光景であった。

ヨービルは妻が関わるこの社交的イベントには距離を置いていたが、この初日は様子を見てみようと自ら足を運んだ。チケットを購入する一般客として現れた彼は、安価な後方の席を確保することができた。大変話題になっていたゴーラ・マスターフォードの初舞台、それから既成事実《フェ・アコンプリ》の新たな幕開けを、この席からなら人目に付かずじっくり観察することができた。彼の周りでは抑えた調子の絶え間ない耳障りな笑い声が響いて、無意味でつまらない冗談や流行語がいつ終わるともなく交わされていた。ヨービルはロンドンに戻ってきて以来、これと同じ感じを往来や人の集まる場所で経験していた。耳障りで空虚な冗談と笑い声が交わされるのに遭遇したのは数え切れないほどだった。南部の人間から自然と吐き出される無責任な軽口が聞こえてくるのに、このロンドン市民はまだ不慣れだった。

そして、彼らがわざと騒がしくしていたことにすぐ気づいた、なぜなら、それは明らかにわざとやっていたからだった。ある朝、オスマン帝国時代のブルガリア人の社会生活について書かれた内容の本をめくっていると、ヨービルはかねてからのこの疑問を解く糸口となりそうな記述に行き当たった。

「征服されるというのには一つ良いことがある。それは、征服されたその国を陽気にするというものである。遠大な大望に対し、その実現の希望が絶たれれば、そこの共同体は持っている力を日常の些細で個人的なことに費やす。そして、単純で簡単に手に入る物質的な楽しみに気晴らしと息抜きを求めるのである」

この作者は征服された経験があるのだから、彼の言葉にはそれなりの根拠があると言っていいだろう。しかし、今のロンドンには陽気といえる確固たるものは何もない。ここに住んでいる人たちは、単に悲しいまでの努力を払い、この悲惨な状況下で絶望していると見られないようにしているのだ。無意味な言葉と、甲高い機械的な早口の会話が自分の周りで飛び交うなか、ヨービルの心は例の本にあった、オスマン帝国支配下でブルガリアの演劇場に来ていた人について書かれた箇所を思い出した。それは軽薄で笑い声の絶えない批評家と観客についてであった。ああ、ブルガリア。あの勇敢な小さな国についての考察は彼にとって鋭い皮肉となった。武器を取引することと扱い方を学ぶことが男としての威厳を損ねる、とは考えなかった国民がいた。彼らには彼らに相応《ふさわ》しい結果が待っていた。戦争で引き裂かれ、疲弊し、莫大な負債を背負ったが、自分たちの国の主となり、ブルガリアの旗はブルガリアの山々にはためいたのだった。そして、ヨービルは王族の席に飾られたシャルルマーニュの王冠をこっそり一瞥した。

王族のために設けられた席のすぐ向かいの広々とした席では、シャーレム夫人が計算し抜かれた姿で座っていた。というのは、彼女は芸術部の新聞記者たち全員が自分の出席を記事にすると確信していたからだった。記者の一人二人が自分の装いを描写したり、あるいは間違って描写するだろうとも彼女は自信たっぷりに考えていた。すでにかなりの数の観客が彼女の名前を知っていたし、彼女がさまざまな席に向かって優雅に頷く頻度は彼女の知り合いが大勢いることを物語っていた。誰もが彼女のことを知っていて、また、会うたびに違う服を着ているという、女性が理想とする財産と社会的地位を持っていた。

シャーレム夫人には堂々とした風格があり、また人の指図は受けないという空気を漂わせていた女性だった。彼女は観察眼が鋭く、その声は、感情に左右されない落ち着いたものだった。彼女の人生の成功は、自身の努力によるものだったが、その成功の少なくない部分は偶然によるところでもあった。彼女は自分の党のため、勝つ見込みのない、しかも、大金の掛かる選挙で夫であるコンラッド・ドート氏を二度も国政に送り込もうとした。投票総数そのものが少なくなっていたなか、どちらの選挙でも蓋を開ければ対立候補の圧倒的な勝利に終わった。そして、フランス王家がパヴィアでの敗北後に使った有名な言葉「全てを失い名誉だけが残った」*を使おうとしたが、「全てを失い栄典だけが残った」とありがちな引用間違いを犯し、それを世界に向けて語ってしまったのだった。この一連の出来事で彼女は初めて世に知られるようになった。その直後の栄典リストで紳士階級であるコンラッド・ドート氏がサフォーク州におけるワイヤーズキルンのシャーレム男爵として貴族院議員になったということが正式に発表された。身分に限って言えば、彼女の努力には成功という冠が与えられた。しかし、彼女が上流階級でこれ以上成功する見通しはなかった。というのは、この新しい男爵とその妻の社会的地位と財産は地元では尊敬されず存在感を示せなかったし、そしてロンドンでは彼らよりも高い身分や資産を持った人たちが多くいた。人々は拝金主義的だったが、それでも分別はあった。シャーレム夫妻がひどく下劣だとも、耐え難いほどに傲慢だとも根拠を挙げて指摘できる者はいなかったが、彼らの人気のなさの主な原因は、人気を得るのに必死なのが見え透いていたためだろう。彼らは邸宅を客向けに開放していたが、それをこれ見よがしにやっていたから客は寄り付かなくなってしまった。そして、二度目、三度目の招待に応じた客に夕食会やホームパーティーで世間映えするような立派な人物はいなかった。「失敗」はほとんどその存在を隠さないまま、この夫妻が出世しようとする上流階級で惜しみない努力を続ける彼らに張り付いていたのだった。この男爵は盛大に「浮かれ騒ぎ」をすることや愉しむことは自分の好みではなく、仲間の議員たちと夕食後に静かにパイプを吸って話をするのが理想的な夜の過ごし方だと知人にこぼし始めた。

そして、あの大きな動乱があり、英国内で古くから続いた上流社会の力関係を含めた、さまざまなものが転覆したのだった。愛国的な哀悼を示すのに十分な期間を取ったのち、シャーレム夫人は自分の周囲を見渡し、新たな体制下で手に入れやすくなった好機を摑んでいった。かつてのように飽和状態だった上流階級の中で台頭することよりも、現在のような閑散としたロンドンの社交界で確固たる地位を築くのはずっと容易だった。そして、

---

＊　**全てを失い名誉だけが残った**　パヴィアの戦いで捕虜になったフランソワ一世が一五二五年に母に宛てた手紙に記したとされる言葉。シャーレム夫人はここで「名誉」を意味する不可算名詞の"honour"と言うべきところを、間違えて"honours"と栄典・勲章などを意味する複数形にしてしまった。

優れた観察眼と回転の早い頭脳でもって、状況の変化をすぐに認識した彼女は、自分を取り巻く新たな世界に適応するための準備を始めた。また、シャーレム男爵は新たな支配者に忠誠を誓った数少ない貴族の中の一人だった。そして彼の妻は、あの悲劇の翌年に開かれ酷い有様だったロンドンの演劇シーズンに作り物の陽気さと、あまりある優雅さを与えようとした数少ないパトロンの一人だった。小売業者や、食材調達業者、仕出し屋といった商売の経営者や、彼らに雇われている何千人もの従業員たちは、既成事実《フェ・アコンプリ》に対する感情はどうであれ、シャーレム家が率先して示した態度を密かに賞賛した。そのような職業に従事する彼らに、また敗戦のつらさを積極的に忘れようとする新たな被征服者と、他の人たちが忘れようとするのを手助けする者に、シャルルマーニュが獲得したドイツ民族の支配域にかつてのサクソン王国とそれに付随した幾らかの地域を組み込んだ堂々たる征服者は当然報いなければならなかったのである。ドイツ帝国が与える褒美の一つには、英国が征服された事実を快く受け入れる術を心得ているこの男爵に伯爵の位を用意した、というものがあった。コカトリスクラブに出入りする知識人の一人は、新たに伯爵となるこの人は英国の国章を廃止する運動を支援するだろうと明言した。

シャーレム夫人と一緒に座っているのはトブ伯爵夫人であった。五十六歳の身なりの良いこの女性は、一見すれば、ゆったりと落ち着き払っているようだったが内心緊張していた。概して言えば、抜け目のないヤマネといったところだった。裕福で親しみやすく知的であるといった形容こそが彼女の性格と人生を言い表すのに最も適した言葉だろう。パーダーボルンで彼女が仕切っていた社交の場は一筋縄ではいかない人たちばかりだったが、そこで彼女はドイツで最も気の利く聡明な女主人の一人との評判を得ることができた。彼女がロンドンに居を構えたのは上流階級の人々の要請に応えたものだともっぱらの噂だった。バークリー・スクエアの自宅での彼女の惜しみないもてなしは、寂れたロンドンの社交界にとって大きな助けとなった。

近くのボックス席ではシシリー・ヨービルが大人数で楽しげなパーティーを開いていた。もちろんその中には、ロニー・ストアーも含まれていた。彼はたまに饒舌になることもあった。また、アメリカ人の裕福な未亡人もいた。彼女はアメリカの裕福な未亡人であるということと以外に取り立てて特徴がなかった。そして、このグループにはオーガスタ・スミスという女性によって文学的な空気も漂っていた。彼女はラプソディック・パントリルというペンネームで戯曲を書いていた。その芝居はシェフィールドとアメリカで上演され、大盛況だったというわけではなかったが、成功した、という話が広まっていた。また、

『忘れえぬこと』という回想録の著者でもあった。彼女は美しい目をしており、身の飾り方を心得ていて、性格は穏やかだった。しかし、わずかにではあるが、自分の才能が理解されないという悩みに絶えず煩わされていた。一人の女性としてのオーガスタ・スミスは、満足して人生を謳歌していたであろうが、ラプソディック・パントリルという才女としては不満を抱えながら生きていた。彼女が発した言葉は、平凡な一語でさえ魅力的な解釈によって彩られていた。ある人は彼女のことを惚れ薬を買うような調子で一袋のジャガイモを注文する、と表現した。

「あのカーテン、何色か分かる？」何か意味ありげな様子で彼女はシシリーに尋ねた。

シシリーは緞帳を素早く見た。

「とても素敵な青色よ」と彼女は言った。

「アレクサンドリンブルーよ。私の色。希望の色よ」と感激した様子でオーガスタは言った。

「この劇場の配色ととても合ってるわ」彼女を満足させるような機転の利く返答ではない、と思いながらもシシリーは答えた。

「そういえば、皇帝がご臨席されるって本当なの？」快活なアメリカの未亡人が聞いた。

「わざわざ、おろしたての服を着て一番いいダイヤをつけてきたのよ。もし皇帝が見てくださらなかったら恥ずかし過ぎて死んでしまうわ」

「なんだ」ふくれっ面でロニーが言った。「僕のために着飾ってるんだと思い込んでましたよ」

「まさか。あなたのためならルビーとファイヤーオパールにするわ。私たちと同じ髪色の人たちは野蛮なものを好むもの……」

「そんなことはないですよ。この髪色の人たちは上品で寒色のものを好むんです。全然違いますよ」

「偉そうに説教するのね」未亡人が言い返した。「そもそも、私はあなたよりもこの世で長く生きてるのよ」

「ええ、知ってますよ」ロニーは容赦ない素ぶりで言った。「僕はあなたよりもこの髪色との付き合いが長いんでね」

北ドイツにいそうな金髪の中年男がちょうどよく現れたことで、その場は収まった。間抜けな顔に残忍な表情を浮かべたこの男は、シシリーに挨拶をするため彼らのボックス席の前列にしばらく座っていたのだった。彼の登場によって観客はにわかにざわめいた。もし、ヨービルが近くの人に彼のことを尋ねていたなら、勲章をたくさん付けた明らかに重要なこの人物があの恐るべきクワル卿、表向きは他の政治家が作ったとされる多くの法律を作り、まとめ上げた人物だと分かっただろう。

当時流行りのミュージカルコメディー『ゴンドラ・ガール』から選り抜きの曲を楽団が演奏した。安席に座っていたほとんどの観客はその曲を日に二度三度と耳にしていた。ランチタイムやティータイム、夕食時などにレストランにいれば聞こえてくるのである。また、ハイド・パークでも時々演奏される。それゆえ、彼らは会話を止めるどころか、この音楽をＢＧＭ程度に考え演奏が始まる前よりも少し大きな声で会話を続けることができたのだった。演奏が終わるとその夜の二つ目の演目が始まった。アレクサンドリンブルーのカーテンが重々しく巻き上げられ、調教された狼の一団が披露された。ヨービルは北アフリカの砂漠、シベリアの森や原野で狼に遭遇したことがあったが、その狼の群れは黄昏時、雪を隔てた向こう側に広がった闇のようだった。そして、狼の長い鳴き声は暗がりの中で松の木々に囲まれていたヨービルの耳に届いた。そのことから、延々と続いた四大陸の時代に、人々の間で狼にまつわる魅力的な伝承がいかに生まれ発展していったかを、そして、狼の名が百通りの馴染みのない諺に用いられ、また、百の伝統に影響を与えてきたかをヨービルははっきりと理解したのである。しかし、ここでヨービルが見ていたのは首に醜いフリルを巻き、頭には冠を被ってステージの上を三輪車でぐるぐる回る狼たちだったのである。ステージの強い光を浴びながら狼たちは惨めに瞬きを繰り返していた。観客たちの拍手喝采に応え、燕尾服を着た肥満体型の男が下品な笑みを浮かべながら前に出てお辞儀をした。彼は狼を捕獲をしたわけでも調教したわけでもなかった。野生の動物を劇場用に調教して販売する店から仕入れてきただけである。それでも、幕が降りるまで笑みを浮かべてお辞儀を続けたのだった。

わざとらしく破れたボロ布を着ていることから、コメディー寄りと分かる二人のアメリカ人ミュージシャンが狼の後を引き継いだ。彼らの音楽はそれほど悪いものではなかったが、コメディーの部分は使い古されたもののようだった。それは、ある男によって考案され、その特許を持っていた彼が全ての劇場の笑いを独占し、そして引退するまで使われていた大昔のもの、といったところか。いつの日か、独占権の期限は次々と切れ、別のコメディアンによって利用されるようになるのではないかとヨービルは思った。

五番目の演目の開始が告げられると、観客はさらに色めき立った。オーケストラが賑やかな曲を演奏するとトニー・ルートンが大喝采の中登場した。茶褐色の荷台付き三輪車と一緒に登場した彼はウエスト・エンド地区にあるどこかの店の小間使いの格好をしていた。その姿は、誰よりもおしゃれに気を使う小間使いが想像しうる限りの最高の装いといった格好であった。彼が歌ったのは大商店に勤める明朗闊達な小間使いの人生についてであった。間接的な表現で彩られていたこの歌は素晴らしい暗喩と言えるものだっただろう。少なくとも、ゴーラ・マスターフォードがパンフレットの長々とした説明文の助けを借りて連想ダンスで表現しようとするのと同じくらいには彼の歌は、観客にメッセージを暗示できていただろう。いつまでも続けて欲しいと思えたこの曲が終わりを迎えようとしていた時、ちょうどいいタイミングで警官が現れ、この歌手に詰め寄った。彼はステージ上に作られた偽物のボンド通りのこれまた偽物の交通を邪魔したという理由で、この快活な歌手を捕まえに来たのだった。皆がこの新しい歌を好きになり、熱狂して聞いたこの劇場内は、その熱狂と彼の別のヒット曲を求める喝采が相まっていた。オーケストラが、その有名な曲を演奏し始めると、先ほどの素晴らしい小間使いは、短い時間で、今度は素晴らしい騎手《ジョッキー》の格好で現れた。心からの同意を与えるように頷いたり曲に合わせて鼻歌を歌う観客に向けて、彼は『奴らはエクレストン広場でキラキラしたシャンパンをガブガブ飲んだ』を歌った。

その二つ後の演目ではようやくゴーラ・マスターフォードが出演することになっていた。才能豊かな日本人の曲芸師たちが扇子や蝶々や漆塗りの箱を使って、とても退屈な曲芸の数々を披露していた十分《じっぷん》かそこらの間、観客たちはあくびをしたり、そわそわしたり話をしたりと、先ほどと比べ劇場内は落ち着いていた。しかし、この演目が行われていた時間は退屈で無意味なものとはならなかった。この曲芸師たちが技を披露していた間に、その夜でも非常に重要で劇的な出来事が起こったからである。皇帝用のボックス席には数人の制服や夜会服を着た人間がすでにいたが、そのボックス席がわずかに騒がしくなっていたのだ。席の移動や座り直しなどが目立たないように行われ、薄暗いこの劇場は突如静まり返り、全員の目がある人物へと注がれた。新たに忠誠を誓った者たちからの大々的な奉迎式などはなかった。というのは、そのようなことはすべきでないとのお達しがあったからだ。しかし、観客の隅々に至るまで、波のような観客たちのひそひそ声が劇場に響き渡っていった。皇帝がこの場に現れたのである。日本人の曲芸師たちは自分たちが注目されなくなっていくなか、パフォーマンスを続けていた。自分のボックスの前列で姿勢良く座っていたシャーレム夫人は、その観察力の鋭い目を手元のパンフレットと巨大な腕輪に落としていた。自分の勝利の証を見つめる必要はなかったのでる。

# 第九章　「記憶に残すべき」夜

ゴーラ・マスターフォードのダンスをよく理解できない人にとって、それは大舞踏家がかつて披露したものと大きな違いはなかったように思えただろう。彼女の動きに自然な優雅さはなく、また、彼女は長年のつらいダンスの訓練を経たというわけでもなかった。さらに、一見しては分からない「動く」という力への純粋な喜び、これに対する本能的な感覚が彼女には欠落していた。これら成功とは反対をゆく材料によって作られた彼女のダンスには、「正攻法からの意図的な乖離」とでも銘打つのが精一杯だろう。彼女のダンスに付された想像力豊かなタイトルは、例えば「ファウヌスの生涯」や「トパーズの霊的な夢」などで、少なくとも、観衆や批評家たちが何かを語る材料にはなっただろう。これらのタイトル自体にはなんの意味もなかったわけだが、それでも、話題にしたくなるようなタイトルではあった。そして、ゴーラにとって、このことには重大な意味があったのである。演劇や興行の世界は不況の時期だったから、そうでなければ、まずなかったであろう成功が、彼女のパフォーマンスに降り注いだのである。彼女の成功というのは、実際のところ、興行としては出来レースといえるもので、成功するべくして成功したのであった。少なくとも表面上の成功を約束できる程度の宣伝手法は余すところなく実行したのである。ゴーラのダンスは成功した、と吹聴することへの個人的、あるいは仕事上の動機を持った人たちが下心を持って賞賛していた。しかし、それよりも目立っていたのは、自分たちに全く理解できないことなら、どんなものにでも惜しみない賞賛を送る無数の芸術家気取りや芸術の信奉者たちの過度の熱狂だった。次回から劇場を埋める観衆が下す判断がどのようなものであれ、この初日の夜に集まった選りすぐりの観客たちは連想ダンスへの賛同を決定的なものとする、ということで一致していた。彼女の各回のパフォーマンスが終わるたびに観客はしっかりとした拍手をした。この踊り手は重々しく頭を下げて感謝を伝えた。舞台にあの狼の一団を提供した男性とは対照的に、彼女は微笑むという贅沢を自分自身に許さなかった。

ファウヌスのダンスが披露され、拍手が贈られた後で、「このダンスはたくさんのことを教えてくれるわ」と、ラプソディック・パントリルは漠然と、しかし、感心した様子で言った。

「まあ、少なくともファウヌスが自分の生涯をとても真摯に受け止めていることは分かったわね」シシリーのボックスになんとか割り込んできたジョーン・マードルが口を挟んだ。

その時のヨービルは、ギャラリー席の奥でゴーラがステージの上を走ったり、跳んだりするのを、セキレイが見えないブヨや小さな羽虫を必死に追いかけているようだと思って見ていた。彼女にせっせと賞賛を贈る中年の女性たちのうち、どれほどの人がゴーラと同じような動きを自分たちの子供が子供部屋や庭でやっていることに少しでも気づき得るだろうか、彼女たちは子供たちに騒がしくしないようにと言うくらいが関の山でないだろうか、とヨービルは思った。そして、花束が手渡されるのを見て、あることを思い出し彼の心は苦しくなった。それは、トーリーウッドに住む勇敢な未亡人のことである。彼女は、国の安泰と国民の幸福のために休みなく働き、苦労を重ね、その人生を費やしてきた女性である。その国が惨めに崩れ落ち、そして外国の手に渡っていくさまを、疲れ切った彼女は見せつけられたのである。彼女の長男は南フランスで寝たきりになっており、次男は壊れた戦艦を棺桶にして北海深くに眠っている。そして、このステージで脚光を浴びながら、外国の軍服が至る所に見える国際色豊かな観客に対して自分に寄せられた支援と好意に感謝のお辞儀をしていたのは、彼女の孫娘だったのだ。

ステージにいる彼女の足元に置かれた花の中でも、ひときわ目立っていたのは、黄色の幅広のリボンがつけられた大輪の黄色い花の見事なブーケだった。これはかつてシーザーが自分の所有物に対して行った贈り物であった。この夜、既成事実《フェ・アコンプリ》の歴史は新たに、そして、都合よく刻まれた。オーケストラが景気づけに演奏した、ジャンコビアスの『ヴィルヘルム皇帝行進曲』*の意気揚々とした耳に響くメロディーとともに、観客はゆっくりと劇場から外へと流れ出て行った。

「本当にいい夜でしたわ。大成功でしたわね」ブルーム型電気自動車**でシシリー・ヨービルの夕食会会場へクワル卿を送りながらシャーレム夫人は彼に言った。

「記念すべき夜です」彼女はしばらく言葉を選んで付け加えた。「上流階級にとっては喜ばしいことではありません？」

そして、同乗者の無表情な顔に彼女は注意深い目を向けた。

「親切な奥様」彼は慎重かつ意味ありげに返事した。「喜ばしいことです。記憶に残すべき夜です」

この親切な奥様は喜びのあまり安堵の息をつきそうになるのを押し殺した。上流階級で覚えてもらうことは計り知れない意義と価値があるのであった。

ポーフィリー・レストランで行われたシシリーのパーティーにはたくさんの人がやってきた。彼女が招いた人は皆来たし、ジョーン・マードルが誘った人もそうだった。シャーレム夫人は、数人が新たに参加することを直前になって伝えてきた。さらに、ドイツ側の軍人と役人も多く参加していた。自宅ではなくてレストランで夕食会を開くことにしたのは正解だったとシシリーは思った。

階段やクローク室が賑やかな人で溢れている様子を見て、「昔のようですね」と笑みを浮かべた支配人がシシリーに嬉しそうに言った。

---

＊　**ジャンコビアスの『ヴィルヘルム皇帝行進曲』**　一九〇二年七月、テムズ川の上流に位置するバッキンガムシャーのボーン・エンドで毎年行われていたボート競技大会にて、ジャンコビアスによる『ヴィルヘルム皇帝行進曲』をマンチェスター連隊の音楽隊が演奏したという記事が同年七月三日付の『サウス・バック・スタンダード』紙にある。

＊＊　**ブルーム型電気自動車**　ヘンリー・ブルーム卿（一七七八―一八六八）によって発案されたツードアの四輪馬車のデザインを自動車に用いたもので、運転席がキャビンの前、車室の外に設けられていた。クーペの原型である。

招待客はたまたま空いていた、あるいは好みの場所の四人用のテーブル席に各々陣取った。遅く到着した客はどこでも空いている席に座った。カチャカチャとナイフやフォークが皿に当たる音の中、ぺちゃくちゃとさまざまな国の言葉がテーブルを囲んで交わされていた。そして、コルクを抜くポンッという音が鳴るたび、小さなざわめきが起こった。ここで起きている全ての音や動きと、客の会話や忙しく動き回るウエイターの動力源になっているゴーラ・マスターフォードは、重要なメッセージを世に示した偉大なアーティスト気取りで沈黙し、疲れた様子でじっと座っていた。

「ねえ、ピーチ夫人の席に座ってくれない?」遅れて入ってきたトニー・ルートンにシシリーは懇願した。「彼女とジェラルド・ドロウリーが同じテーブルになってしまったの。二人とも本当につまらないのよ。一緒にならないように頑張ったんだけど駄目だったわ。少しでいいから盛り上げてね」

北極の氷上でオットセイが発するような、うるさい声が別のテーブルから聞こえてきた。そのテーブルではメンティース゠メンドルソーン(インヴァーゴードンのメンドルソーン家の一人である。そのように彼女は名乗るのが常だった)がゴーラの偉業に対して賛辞の言葉を皆に向けて発していた。

「あれは啓示なのよ」彼女は叫ぶように言った。「私は座って、そこで新しい思想表現の全体像が露わになるのを目撃したの。定義づけることなんてできないわ。動きとして思考が翻訳されたものなの。もっとも優れた芸術は人々の定義の外にあるものよ。私はただそこに座って、見たことないものを見ているのは分かったわ。でも、脳の中では、人生全体の中では、どこかで見たことがあると感じたの。これに私は本当の素晴らしさを感じたわ。ええ、ちょうだい」彼女は突然話をやめた。脂が乗ったうずら肉の煮こごりをウエイターが配っていたからだった。

　また、遠くから聞こえる別のオットセイの鳴き声のようにテーブルの向こうからモーレバー・モール氏の声が響いた。

「ロスタンは」彼は大げさな調子で話した。「『予想外の王子《ラジェクティフ・イノピネ》』と呼ばれてきました。マスターフォードさんは『予想外の動きの女王』と呼ぶにふさわしいでしょう」

「ほら、聞こえましたか？」メンティース＝メンドルソーン夫人は自分に注意を向けてくれる人たち全員に向かって言った。「ロスタンは人々から……モールさん、さっき言ったことを皆さんにもう一度言ってくださるかしら」突然自分のフランス語能力に自信のなくなった彼女は、頭のてっぺんから抜けるような声で言った。

モール氏は自分の言葉を繰り返した。

「今の言葉、隣のテーブルにも伝えくださいね。忘れられるには惜しい言葉ですから」

ところが隣のテーブルでは、もったいぶった声で長々と今夜のイベントには関係のないことが話されていた。ピーチ夫人はどのような目的のものであれ、全ての集会やパーティーは身近にあったつまらない不幸話をするためにあると考えていた。彼女は、せっせと週末のノーフォークの別荘で起こった騒動を事細かに話して周りの人たちを楽しませようとしていたのだった。

「想像できる限りいちばん素敵で楽しい古い別荘地があるわ。綺麗で快適なの。海からほどよく離れていて、湖水地方からも歩いて行けるわ。子供にはもってこいの場所よ。私たちはそこで四日間滞在するために、たくさんの荷物を持ってきたわ。素晴らしい時間を過ごすつもりだったの。そして、日曜日の朝、一つしかない飲み水の供給源だった源泉に誰かがカバーを掛け忘れていたのを見つけたのよ。死んだ鳥が浮いてたわ。何かの理由でそこに落ちて溺れたのね。もちろん死んだ鳥が浮いていた水だから使えなかったわ。でも、数マイル以内には他の水源はなかったから、遠くまで汲みに行っては帰ってくるというのを繰り返したのよ。ねえ、これってどう思う？」

「ああ、ムネアカヒワが泉で死ぬなんて」*トニー・ルートンが感情を込めて詩の引用をした。ピーチ夫人は心配や同情の色を皆が見せると自信があったが、彼の発言で大笑いが起こった。

「トニーってすごく可愛いわね。そう思わない？」若いアメリカ人の女性が興奮気味に言ったが、ピーチ夫人は全く同意できなかった。ピーチ夫人はスコットランドのアーガイル地方で三年前に自分の身に降りかかった先ほどと同じような話をするつもりでいたが、もはや、その機会は逸してしまった。彼女は悲しそうにタンのサラダに癒しを求めた。

中央のテーブルではトブ伯爵夫人の主導で、皆が口々に祝いと賛辞の言葉を述べていた。メソジスト派の会議で賞賛が送られたオスマン帝国のシェイヒュルイスラーム**のように、

---

* **ムネアカヒワが泉で死ぬなんて**　ジュリアナ・ホレイシア・ユーイング（一八四一―一八八五）が一八六六年に発表した詩「ムネアカヒワの埋葬」の一節。語り手が庭の泉で死んでいるムネアカヒワを見つけ、悲しみの中、厳粛に埋葬をしようとする内容。彼女は詩人・児童作家として人気があった。

** **シェイヒュルイスラーム**　オスマン帝国におけるイスラム宗教組織の最高位の職で、この職に就く人物はイスラム法学者の中でも最も知識があるとされた。

ゴーラは無礼と見なされない程度の無関心さを漂わせ、それらの言葉を聞いた。彼女に降り注がれる数々の賞賛に対して彼女が疲れた様子で見せる無関心な態度は、彼女がステージで披露した動きのように、念入りに計算され、リハーサルまでされたものだった、と注意深く見ていた者なら、かなり自信を持って言えただろう。

「それは、見るたびにより理解が深まり、より完全な理解に近づくものです。……あまり頻繁に見るのは駄目ね。……私なら座って何時間でも見ることができたと思いますよ。……ご存知でしたか？　もう一度見たくて、明日の公演を楽しみにしているんですよ。……あの舞台がいいものになるということは分かってましたが、想像をはるかに超えてました。……」といった調子で、口いっぱいにうずらの肉を頬張り、アスパラガスをつまむ合間に彼らは口々に言うのだった。

「狼の出し物よかったわね」ジョーンが持ち前の快活で楽しげな声を高らかに上げた。人間の笑い声に似たキツツキの鳴き声のようなその声は部屋中に響いた。

劇場の偉大な芸術家のご満悦を邪魔するものがあるとすれば、それは、鳥や動物の出し物と自分の成功を分かち合わなければならないと気づくことである。もちろん、ジョーンがそのことを知る由もなかった。この場にふさわしい話題をふと思い出した、といった程度の考えで彼女はこの話を切り出したのであった。

「あの三輪車にうまく乗れるようになるためには、何年もの集中的な訓練が必要だったに違いないわ」彼女は甲高い声で独白するように続けた。「あの動物たちの素晴らしいところは、賢くて教育も受けていることを、つゆほども気づいていないところね。あの子たちが気取るように調教すれば台無しになってしまうわ。でも、他のどの狼よりも上手に輪っかの中をくぐることができることを知っているなら多少得意気に気取っても許されるはずね」

　幸運なことにその時、別のテーブルにいた若いイタリア人のジャーナリストが立ち上がって、今夜の主役のために二分間のスピーチを行った。彼は北イタリア訛りの早口で力強いフランス語で話した。しかし、この場にいた大半の人は彼の言葉をおおよそ理解し、皆がそのスピーチに拍手を送った。彼の話は短かったが、皆には機知に富んだ人物だと思われた。

　ジェラルド・ドロウリー氏が息をひそめて待っていた出番がきた。拍手のパチパチという音とカタカタというテーブルを打つフォークとナイフの音の中、あの熱の入ったスピーチをしたイタリア人が自分の席に座った瞬間、ドロウリーは勢いよく立ち上がった。隣のテーブルとの間が広かったので彼の椅子が他の人の邪魔になることはなかった。先ほどの非常に優雅で適切に、そして正しく語られた言葉に賛同の意を表明して欲しい、と彼は訴えた。しかし、これは彼が本当に言いたいことの前置きに過ぎなかった。巧妙に、さっといくつかの言葉を述べ、自分自身のことと仕事について話を展開した。これは、自分が経験を積んだ名のある役者で、役者として栄誉ある仕事をしてきたことを皆に宣伝するためだった。彼は著名な俳優兼支配人たちの名前を長々と並べて語った。『割れた木の実』という芝居でピーターキン役を演じ、地方紙で演劇の批評家からべた褒めされたことにこの場で言及するのは許されるだろう、と彼は考えていた。聞き手にとっては実際よりも長く感じられた、延々と続いたこのスピーチの終わりに差し掛かって、彼は主題をゴーラの踊りに移した。そして、言い残した賞賛の言葉を述べた。椅子を自分の方へと引き寄せた彼は素晴らしいパフォーマンスをしたと悦に浸って腰を下ろしたのだった。

「私はチャリティーのための芝居で小さな役を演じたことがあるのよ」ジョーンは自信に満ちた響く声で皆に言った。「『クラパム・クーリアー』紙は『肝心な場面以外は全てよく出来ていた』と評しましたわ。これは一言一句新聞に書かれた言葉通りですわよ。この場で言っておかないといけないと思ったから言わせてもらいましたわ。それから、マスターフォードさんのダンスもとても楽しませてもらいました」

トニー・ルートンは大きな歓声を上げた。

「今までで一番上手なスピーチでしたね」彼は言い放った。彼は自分のテーブル席を活気づけるように頼まれており、そのために頑張っていたのだ。しかし、ジェラルド・ドロウリーも、ピーチ夫人がこの元気の有り余った若者に対して下した悪い評価と同じ意見を持つようになった。

シシリーの心配に反して、ロニーがゴーラに恋をする気配は皆無だった。彼は抜け目なくトブ伯爵夫人に色目を使っていたのである。ベルグレーブ広場に居心地の良さそうな邸宅を持っていた彼女は、ロニーにとって特別興味深い人物に思えたのだった。自他ともに認める色男である彼は、あらゆる手段を駆使し、色仕掛けでパトロンを得ようとしたのである。

「ええ、ええ、いいわ。あなたの演奏を聴きに参ります。約束するわ」夫人は言った。「それから、うちで夕食を食べて、その後私のために演奏してくださいね。これも約束よ。いいですわね？　退屈な老女を訪ねてくださるなんて、とてもお優しい方ね。私は音楽が本当に好きなのよ。正直に言うと、かっこいい男の子も大好きなのよね。でも、正直に言うのは今の時代に合わないから、あなたが察してね。来週の木曜日に来てくださる？　それはよかった。その晩は摂政の王子と食事をするのよ。かわいそうに、彼は元気がないのよ。統治するのは昨今あまり楽しいものではなくなったようね。彼がこれまでの人生で誇りにしていたのは、自分はリベラル派で自分の民は保守派だということだったけど、今ではすべて変わってしまったわ。まあ、すべてではないわね。彼は今でもリベラル派だけど、彼の民は不幸なことに社会主義に染まってしまったわ。彼のためにいい演奏をしてね」

「社会主義者がたくさんいるのですか？　ドイツでは」政治のこととなると滅法弱いロニーは尋ねた。

「至る所に《イバール》」夫人は力を込めて言った。「どこにでもよ。どこから広がったのか分からないけど。豊かな教育と、乏しい理解力が原因かしらね。理解力のなさと、社会主義の蔓延には深い関係があるに違いないわ。私の夫の家族を例に挙げると、彼の家系で彼の世代の人間は、みな卓越した理解力を持っているわ。そして、彼らのうち社会主義に染まったり、自殺をした人は誰もいないの。でも、その下の世代では、特に優れた理解力を示すような人はいなかったわ。それで、この六年のうちに、二人が自殺をして三人が社会主義者になってしまったわ。そろそろ、本当に行かないといけない。私はベルリンの人間じゃないから、遅い時間は生活習慣に合わないの」

ロニーは屈んで夫人の手にキスをした。ロニーがそうしたのには、彼女が自然と尊敬の念を与えるような人物だったから、ということもあるが、主な理由は、この動きをすることで自分の整えた艶やかな頭髪を彼女に見せることができるという利点があったからである。

目ざといシャーレム夫人は伯爵夫人とロニーが熱の入った会話をしていたことに気づいていた。彼女は聞き耳を立て、ロニーを招待する言葉を断片的に聞いた。

「我々のために狐を捕らえよ。ぶどう園を荒らす小狐を捕らえよ*」彼女は独り言で聖書を引用した。「あの音楽をやる子は危険な賭けに出たわね。でも、やり方は間違ってないわ」

＊　**我々のために狐を捕らえよ。ぶどう園を荒らす小狐を捕らえよ**　『旧約聖書』「雅歌」二章十五節。

# 第十章　よぎる考えと「礼拝《テ・デウム》」

あの「記念すべき夜」の次の朝、シシリーは勝利を手にしたという満足感で目を覚ました。しかし、筋の通った理屈によって反対されていた中で達成された勝利だったため、この満足感には多少の気持ち悪さもあった。喩えるならば、彼女は自分の船を燃やすといったような後戻りのできないことをしたのだが、そのことに後悔はなかった。しかし、香の匂いが漂う教会で喜びの中礼拝《テ・デウム》*をしているときにその燃えた船の煙が流れ込んできたことが不快だったのである。

彼女の社交界での評判は昨晩の件で一気に高まった。影響力の強い人たちに援助を求め

＊　**礼拝《テ・デウム》**　神に感謝を捧げるために行う短い礼拝。そこでは主に賛美歌を歌う。

ることなく、彼女は静かに計算高く、あの夜が自分に有利に働くようにお膳立てしたのであった。トブ伯爵夫人のような人は今後長い間ロンドンの上流社会で権力を持ち続けるだろう。その一方で、優秀な頭脳や気質を持ったクワル卿は、政治の予測不可能な潮流の変化によっては失脚する可能性もある。シャーレム夫妻はつかの間の眩《まばゆ》いばかりの成功を味わうだろうが、その後は失望の長い下り坂を味わうことになるだろう。しかし、大人しいヤマネのような伯爵夫人は最も失脚に遠い人物といえる。彼女の資質というのは、平凡な生活か、ずっと長続きする成功を手に入れるのに向いていた。彼女は人を押しやって前に出ることはせず、また、そのようなことをしたいとも思わない人である。しかし、一旦前に出れば、並みの権力者では彼女を下がらせることはできないのだ。

単なる利害関係でシャーレム夫人と付き合っていたときと比べ、友人としてトブ伯爵夫人と一緒にいるときは、自分の立場がまるで違うレベルになったようにシシリーは感じた。社会的な成功への道筋は彼女の眼下に広がった。彼女にとっての成功というのは、社交界の中心的グループの中で人気のある中心人物になる、という平凡なものではなかった。彼女が目指していた成功というのは、普段態度の悪い人でも彼女の前だと行儀よく振舞わなければならず、また、彼女との関係には特段の注意を払わなければならない、と思わせる人物になることであった。また、人を見下した態度を取る人間は愛想よく可愛げを見せ、自信家の人は多少謙虚になって彼女に関わることには心配の色を見せる。これら全てのことを彼女は実現するつもりだった。彼女は結局のところ女だったのである。しかし、彼女が自分に言い聞かせていたのは、社交界で重要人物になるための計画を実行することだけではなく、それよりもはるかに大きな目的があるというものだった。シシリーは心の中でドイツによる占領を忌まわしい現実として嫌悪してはいた。しかし、心に嫌悪感を抱きながら、頭では受け入れるべき現実だと理解していた。ドイツが作り、そして維持する強大な戦闘力は、地上でも海上でも空中でも展開されていた。この三つの力による動かしがたく痛ましい現実は、現状では反乱を企てることが絶望的であることを如実に知らしめていた。現役世代が年をとって白髪を蓄える二十年後であっても、武装蜂起による反乱の成功は、今と同じように絶望的で儚い夢だろう。それでも、その間に何かできることはあるはずである。征服者たちはロンドンの一部をドイツ化するだろう。一方では、こちらに都合よく働けば、そのドイツ化された部分が英国的な影響に強く晒されるようになるのではないか。英国内の兵士は変わらずプロイセン人やバイエルン人であっても、いずれ英国の舵取りをすることになる思考力のある人間たちは、徐々に英国の影響を受けるようになるかもしれない。大胆に言えば、そのリーダーたちは英国人であるかもしれない。英国の自由保守主義は若いドイツ人の貴族の間に見られる偏狭な思想や社会主義に対する防御壁として機能し得る。このようにシシリーは自分自身に言い聞かせた。その考え方というのは、おそらくは彼女が最近読み始めた『十九世紀』*誌の記事に倣ったものだろう。記事ではさまざまな時代における政治的・民族的な発展が吟味検討され、それらを土台に現在の情勢がどのように展開されるか精査されていた。それゆえ彼女はこの記事の展開どおりのことが起きる可能性があると分かる程度の歴史の知識を持っていたが、彼女の現況についての見識は、その実現可能性がクーデターの成功と同じくらい低いことだということが分かるほどではなかった。そして、彼女が担おうと考えていた役割は、巧みで上品な政治的扇動者であった。それは、国内のドイツ的なものを肯定しつつ、英国的なものを鼓舞していき、政治的に感化しつつ、そして社会の解体を試みる、というものだった。心の奥底では自分の政治的手腕と人間としての器を過大評価しているのではないか、という正直な思いは根強く残っていた。このことから、彼女は今の社会やその方向性を変えるよりも、現状に迎合して上手くやっていくという方に傾いていた。太陽の光で白昼夢から目を覚まさないように、現実という明るい光が照らしても彼女が政治の白昼夢からすんなり目を覚ますわけではなかった。いずれにしても、変わらず彼女は自分がしたいことは分かっていたし、それを実現するために行動もしていた。そして、昨夜は大きな勝利を得た夜だったと彼女は考えていたが、この勝利によって何か大事なものを失ったのではないか、と不安に駆られ考え込んだりもした。

マナーの悪い人たちは、一日の初めの食事の時間を、前日から持ち越した、あるいは、言いそびれた考え方の違いを話したり口論をするために利用するが、シシリーはそのような人たちとは違っていた。彼女は自分の朝食を楽しむだけでなく、ヨービルの食事の楽しみも損なわれないように配慮した。この朝の主な話題はオレンブルクのタタール人たちに混じってヨービルが初めて食べたまともな食事についてであった。そしてこの話は、サーモンとトーストとコーヒー、といったこの日の朝食とよく合っていた。喫煙室の居心地の良い一角で朝食後のタバコを吸っていた二人だったが、シシリーは突如議論の口火を切った。

＊『**十九世紀**』　ジェームズ・ノウルズ（一八三一―一九〇八）によって一八七三年に創刊された雑誌。本書が発表された当時、『十九世紀』は政治や国際情勢の分野における一流雑誌と見なされていた。

「私の夕食会がどうだったか聞いてくれないのね」彼女は言った。

「二つの朝刊で知らせが出てたよ。出席者のリスト付きでね」ヨービルは答えた。「征服者側の人たちがたくさん出席していたようだね」

「何ヶ国もの人たちが姿を見せたわ」シシリーは言った。「こういう舞台の初日を祝うパーティーは、国際的になるものよ。それに、人種や国籍が交じり合うのは現代の特徴でもあるわ」

「人種が交じり合うというのは、君のゲストの一人だけですでに完成しているようだね」ヨービルは冷めた様子で言った。「メンティース゠メンドルソーンというのは人種の垣根を消す特に愉快な名前だと思ったよ」

シシリーは笑った。

「うるさくて、うんざりする人よ」彼女はその人物を評価して言った。「彼女は温室に間違えて植えてしまったニンニクを思い出させるわ。それでも、彼女のことは重宝しているの。彼女の扱い方さえ間違えなければ、彼女はいい宣伝要員になってくれるんだから。ゴーラのパフォーマンスの良さをみんなに公言してくれれば本当に助かるわ。それを見込んで彼女を昨晩招待したのよ。彼女は今日ホテル・セシルで昼食をとるはずだわ。そこで彼女の百ヤード以内にいる人は、キャラバンサリーで行われるゴーラのダンスを見に行けば、素晴らしい精神的な教養に触れることができる、という話を聞くことになるわ」

「彼女は救世軍*のようだね」ヨービルは言った。「彼女が発する騒音は新聞記事を面倒くさがって読まない層にも届くからね」

「その通りよ」シシリーは言った。「まあ、ゴーラは相当注目されているわね。そう思わない？」

「その中でも一番気に入っているのは『スタンダード』紙の記事だね」脇にあるテーブルから新聞を取り、該当箇所を探し出してヨービルは読み上げた。「『あの夜の前半の出し物に出演した狼たちはいつも愛情込めて訓練されてきたと劇場のパンフレットにははっきり書かれている。狼たちには分からないが価値あるその訓練が、少しでもマスターフォード女史のダンスの練習に取り入れられていたなら、それは観客に対するさらなる愛情となり

---

＊**救世軍**　一八六五年にできたプロテスタント系キリスト教の一派で、軍隊を模した組織を持っている。十九世紀末に、その急速に拡大にともなって反感を抱く勢力も現れ、彼らは「骸骨軍」と称して救世軍の活動を妨害した。

得ただろう。また、大きな話題になっている連想ダンスであるが、パンフレットを参照すれば、これは伝統舞踊の最新型であるそうだ。この最新、というのは彼女が美しく飾る性に属する古来よりの権利である。それゆえ、彼女の特権を奪おうとするのは無粋である。彼女のパフォーマンスについて教育的な視点に限って言えば、ファウヌスの生涯はいまだによく分からないままである。マスターフォード女史は自身のプライバシーをかなぐり捨ててまでファウヌスを大衆の面前に晒そうとしたが、これは徒労に終わってしまった。また、彼女のほかのダンスも同様であった。彼女のパフォーマンスはさまざまな物を表現しているが、パンフレットには何も書かれていない。しかし、素晴らしい考えを彼女はダンスで表現してくれた。それは、舞台で踊るということは三分で出来上がるとの謳い文句で宣伝される朝食とは違うということである。人生の半分、少なくとも若い時代の半分は費やすというのが十分な練習量であろう』」

「『スタンダード』紙の見方は偏っているわ」シシリーは言った。「他の新聞のいくらかは非常に歓迎しているわよ。『ドーン』紙は彼女の記事に一列と四分の一もの紙面を割いたわ。その文面のほとんどは賞賛する内容よ。それに書いてあったのは、彼女のダンサーとしての名声は一人歩きしていたけど、彼女は昨晩のパフォーマンスによって、その名声に追いついたどころか、追い越したんですって」

「『ドーン』紙が偏向してるとは言わないよ」ヨービルは言った。「でも、この新聞社はシャーレムが取締役で大株主のひとりだろ。ゴーラの舞台は今の社交シーズンの一大イベントで、シャーレムは何としてもロンドンの社交シーズンの面目を保ちたいんだ。それに、彼女の初舞台は皇帝に劇場へ足を運ぶ機会を作った。これは、被征服者と征服者が一堂に会して行われた催しへの初参加だったんだから、このイベントは成功したと言えるよ。シャーレムがこのことを喜んで、ゴーラを好意的に見るのは当然だろう。そうそう」ヨービルは付け加えた。「ゴーラの話で思い出したんだけど、来週のいつかトーリーウッドに行くよ」

「トーリーウッドに？」シシリーは声を上げた。彼女は声を上げたことで、この旅行が彼女にとってあまり嬉しくないという印象を相手に与えてしまった。

「シベリアの旅行から戻ったら出向いて話でもしようと、あのおばさんに約束したんだ。彼女はシベリア鉄道が敷かれるずっと前にロシアの東部へ旅行したことがあるんだよ。彼女はその辺の地域にすごく興味があるんだ。まあ、それはいいとして、僕はもう一度彼女に会いたいんだ」

「彼女はこの頃あまり人に会ってないのよ。彼女の方から断っているんだと思うわ。彼女は亡くなった息子のことを本当に愛していたから。分かるでしょ」

「とてもたくさん大切なものを彼女は失ったんだ」ヨービルは言った。「彼女がこの世界で担ってきた役割や成し遂げてきたことなど、これまでの彼女の人生を考えれば、残るのは悲哀に満ちた老後だよ。彼女が老け込むなんて考えられなかったな。彼女が死ぬ時は、誰かに指示を出しながら、立ったまま逝く。口元には言い終えなかった言葉が残っている。そんな最後が似合う人だったんだ。彼女は痛ましいほどに老け込んだけど、死ぬこともできない。これが彼女を襲った悲劇なんだと思うよ」

シシリーはしばらく黙って、部屋を出る素振りを見せた。そして、振り返って言った。

「もし、私があなただったらゴーラのことは彼女には何も言わないわ」

「ゴーラの名前を彼女との会話で出すつもりはなかったよ」ヨービルは冷ややかに言った。「でも、どのみちゴーラのダンスや君が開いた人種の入り混じった夕食会についての話は新聞を通じて彼女の目に止まるだろうね」

シシリーは黙っていた。昨夜のことで自分がシャーレム一派と世間から見なされることになるのは気づいていた。そして、そのことでシシリーと付き合いの長い友人の多くが彼女に不信感や疑いの目を向けるようになるということにも気づいていた。それは残念なことだったが、ロンドンで生きていくことや、それがもたらす成功、喜び、そして可能性を捨てることに比べれば、この損失はまだ許容範囲内だとシシリーは考えた。この国に大きく激しい変化が起こったことで、社会的な立場が変わることや友人と断絶することに対して彼女の心の準備はできていた。しかし、ヨービルの態度は彼女を大変悩ませた。彼の偏見に屈することはなかったし、彼の意見を受け入れることもなかった。だが、彼との仲違いを前提とした勝利は彼女にとって偽りの幸せしかもたらさない。それでも、彼女は彼が野外スポーツに熱中することで、既成事実《フェ・アコンプリ》を受け入れ、政治に対する不快感を和らげることを願っていた。彼がトーリーウッドへ行くことは残念だった。というのは、今保たれているバランスが望まぬ方へと傾いてしまうからだ。狩猟の季節までは晩夏と初秋の数週間を残すのみだったし、狩りの準備期間もそろそろ始まる。そして、ヨービルは彼が長らく抱いてきた情熱の罠にかかるだろう。しかし、それまでの数週間の内にも彼は別の種類の情熱を燃やすようになるかもしれない。その情熱というのは、遅かれ早かれ、自発的、あるいは強制的に彼がシシリーから離れていくことを意味し、そして、彼女の計画や野心を台無しにしうる類のものである。

それでも、現実的に問題にならないことについて、安易に反対意見を唱えることがいかに不毛であるかをシシリーは理解していた。トーリーウッド行きはヨービルから旧友への優しい心遣いであり、それに反対する正当な主張を展開するのは無理だったのだ。もし、この訪問が悪影響となってヨービルとシシリー二人の関係に破滅的な結果をもたらしたとしても、それは「運命《キスメット》」なのである。

そして、もう一度、あの燃え燻っていた船体から流れる悪臭が彼女の勝利を記念する礼拝《テ・デウム》のために焚いたお香と不気味に混ざった。彼女は喫煙室を出て、ヨービルは少し前から彼の関心を捉えていた朝刊のある記事を再び読み始めた。兵役に関する皇帝の「啓蒙」は今日中に公表されることになっていた。

# 第十一章　喫茶店

その日の午後、ヨービルは期待を胸に落ち着かない様子でピカデリー大通りをうろついていた。長らく待った兵役の新しい法律に関する「啓蒙」はまだ公表されていなかったが、今この瞬間にも勅令の内容について知らせる号外を携えて走る、声をからした新聞売りの少年に出くわすかもしれなかった。通りに溢れる都会の喧騒を構成する特徴的な音や動きの一つ一つが、ヨービルにとっては人々が大声を出しながらどこかに殺到する大騒動の前触れのように感じられた。そして、彼はそれを見に来たのだった。しかし、エンジンやクラクションの音とともに自動車やバスやトラックがただ彼の前を終わることなく通り過ぎていくだけだった。号外を配るはずだった少年たちの姿が見えたが、彼らは「ハンガリーで地震発生。死傷者が出た模様」というニュース以上に通行人の目を引く告知を掲げられず、気だるそうにぶらついていた。

グリーン・パークの端辺りに面するピカデリー大通りは様変わりしていた。ヨービルは愛着を感じる昔の姿を思い出しながらより賑やかになったこの大通りを残念に思った。政治的ディベートの場だった大きなポリティカルクラブは、宮殿のような大きな建物から、人気《ひとけ》の少ない場所のこぢんまりした建物に移った。そのクラブのあった場所には派手な正面玄関のホテル・コンスタンチノープルが建ち、豪華なトルコ絨毯が広い入り口と階段に敷かれていた。チェルケス人とアナトリア人の格好をした少年たちはドアの周りをうろうろしたり、電話が繋がらなかった時には服装とは似つかわしくないスピードで走って伝言を届けていた。風変わりな格好をした商人たちが、円柱で支えられたこのホテルの玄関の屋根の下に座り、ロクム*や薔薇の油、真鍮製の器具で淹れたコーヒーを売っていた。彼らがホテルから許可を得ていたのは明らかだった。そのホテルの数軒隣には長年ピカデリー大通りのランドマークになっていた集会所があったが、これは航空兵の慰安所で、今でもそのままだった。そして、その壮麗な入り口では、ザクセンやプロイセン、バイエルン、ヘッセンなどの明るい色の軍服を着た人たちがせわしなく出入りしていた。空を熟知し、空の艦隊を作ったことに関して比肩する国はこの世界には他になく、この功績は征服者たるドイツ人が文句なく誇りに思えることであり、感謝されるのも当然なのであった。門口のところにはこのクラブの紋章が掲げられていた。象と鯨と鷲が、それぞれ陸、海、空というこの国の三つの軍を象徴していた。この鷲は嘴《くちばし》から巻物を下げており、そこには「私は最後に列せられているが、他に引けを取っているわけではない」と誇り高き言葉が書かれてあった。

この出入りの激しい建物の東側には門が閉ざされ誰も住んでいない伯爵邸が見えた。雑音と目まぐるしさ、そして、この街の無関心さを匂わせる雰囲気の中で、その入り口の長い門には抗議文と追悼文とが貼られていた。この通りの反対側ではウェストミンスターの裏路地から出てきたみすぼらしい格好の子供たちがグリーン・パークの砂利を敷いた小道に立って、二ヶ国語で立ち入り禁止と書かれた看板が立つ綺麗に整えられた芝を切なそうに眺めていた。鳩だけが、政治的な勢力図を無視して普段通り芝の上を闊歩していた。もし、鳩が何かを不思議に思うことがあるとすれば、この公園内での人間がいる場所に突然の変化があったことくらいだろう。

＊ **ロクム**　彩りの美しいトルコ伝統の砂糖菓子。

ヨービルは日差しの強いこの場所から日陰を求めて最近の常連客の間ではパッセージと呼ばれているバーリントン・アーケード街へ足を向けた。この商店街ではウエスト・エンドのどこよりもはっきりと、新体制が望む通りの変化が一目で確認できた。西側の店のほとんどは無くなっていて、その場所には「野外型」カフェが立ち並んでいたのだった。この商店街の西側通路を広範囲に占めるこのカフェは庭園の遊歩道のようであった。そして、その反対側には洋服店、香水店、宝石店などのショーウィンドウが並んでいた。カフェの客は小さな丸テーブルについて、コーヒーやシロップ、ワインなどを飲み、特に関心があれば、目の前に広がるパジャマや男性用スカーフ、ブラジル産ダイヤモンドなどをまじまじと見ることもできた。この通りのどこか見えない場所ではオーケストラの一団が重厚なクラシック音楽と『ゴンドラ・ガール』、それにアメリカの最新流行曲とを代わる代わる演奏していた。ぎゅうぎゅう詰めのテーブルからは、ぺらぺらと喋り声が聞こえてきた。その声は主にドイツ語、南米訛りのスペイン語、北アメリカ訛りの英語だった。また、鋭く細切れた断音の日本語もあちらこちらから聞こえてきた。そこに混じって特徴のない制服を着た眠たそうな表情の少年が客の間をだらだらと行ったり来たりしていた。彼は『マーティン』紙や『ニューヨーク・ヘラルド』紙、『ベルリナー・ターガブラット』紙、それから世界中の無数の漫画家たちがひねり出したジョークを載せた粗悪な印刷のカラー版絵入新聞を多数持って売り歩いていた。ヨービルはこの商店街を急いで通り抜けた。この場所ではなかった。外国人の目に晒され、耳障りな言葉が聞こえてくるこの状況で彼は帝国の「啓蒙」を読みたくはなかったのだ。

　ヨービルはいくつかの裏道を抜け、ハノーバー広場へと出て、そこからオクスフォード通りへとたどり着いた。まだ新聞売りの少年たちが騒ぎ立てている様子は見られなかった。彼らが下げていたポスターは、いまだにハンガリーの地震についてのものだった。それ以外のポスターは、ルーマニア王の健康状態だったり、南ロンドンの自動車事故についてであった。ヨービルはこの通りを目的もなくぶらぶら数十ヤード歩き、そして粗末な喫茶店の喫煙室に入った。ここには、ロンドンに溢れる異国的なものがあまり見当たらない、と彼は思った。近くの店や問屋から来たのであろう髪を整えた若者たちが、座って静かに話しながら紅茶を飲みペイストリーを食べていた。ある者は新聞を読み、またある者は大理石が張られたテーブルでドミノ遊びをする不規則な音を出していた。タバコの煙が雲のように広がる中で、紅茶とコーヒーの清潔で健全な香りが漂っていた。この空間を支配していたのは清潔さと気だるさのようであった。清潔さがあるというのはいいことだが、多くの若者が集まって飲食したり娯楽に興じる場所としては気だるさが満ちているというのは不自然であり、好ましくないように思えた。ヨービルは若い牧師がいるテーブルについた。彼はバターを塗ったトーストにほとんど手をつけず、その前でタバコを吸っていた。彼は鋭敏かつ知的、そして意志の強そうな印象を与える顔をしていた。喩えるなら、古代ヨーロッパの勇敢な小修道院長といったところだ。教会の会議では饒舌でなくとも、拳が交わされる場所では恐れられていた、といった風貌の男であった。青白い顔をした物静かな若い女がヨービルのところにふらりと注文を取りに来たが、彼女の心は何百マイルも彼方に離れていて、客の要求には全く関心がない、といった様子だった。もし、ティーポットに入った中国茶の代わりに、仔牛の足のゼリーを彼女が持って来たとしてもヨービルはあまり驚かなかっただろう。しかしながら、中国茶はちゃんとテーブルに運ばれてきた。この青白く若い女は紙切れに数字を走り書きした。それをティーポットの脇にすっと置き、すっといなくなった。ヨービルはこのような場面をミュージカルコメディーの舞台で見たが、現実はまるで違ったものだった。

「すみません。ちょっとお尋ねしますが、帝国政府の発表はもう出ましたか?」若い牧師がヨービルにぱっと目を配り尋ねた。

「この一時間半ほどあちこち回りながらその知らせを待っているんですが、まだ出てませんね」ヨービルは言った。「もう号外が出てもいい頃なんですが」彼は付け加えた。「私は海外から最近戻ってきたばかりなんですよ。現状のロンドンについてはほとんど何も分からないんです。分かってもらえると思いますが、私にとって今のロンドンでの生活は面食らうことがとても多いのです。あなたの職業から判断するに、仕事上、全ての社会的階級の人と関わり合いになっているのでしょう。私は帰国してから上流と呼ばれる人々、まあ、有閑階級といってもいいですが、彼らについては見てきました。教区の貧しい人たちについて聞かせてください。彼らは新しい体制についてどのように考えてますか？」

「快く思っていないみたいですね」若い牧師は言った。「色々な意味で悪い反応を示してますよ。彼らは途方にくれているだけでなく、不機嫌です。それは、有意義な解決策など生み出さない類の不毛な不機嫌さです。英国に起こったことを常に誰かのせいにしようとしています。彼らはこのことを政治家のせいにしたり、有閑階級のせいにしたりしています。婉曲的にですが教会のせいにもしているのではないかと考えています。当然ながら、この悲劇によって彼らが信仰を深めたとは考えられません。はっきり言えることは、彼らはこの責任を自分たちに帰することはありません。真のロンドン市民は自分に非があってもそれを認めないのです。『自分は悪くない！』という頑なな態度を彼らは幼少期から非難や罰を受けるに値することをするたびに取ってきたのです。優秀賞を受けるような児童が罰を受けることなどありませんから、学校の規則は常に寄宿舎の児童やその親から嫌われてきたわけです。厳しい指導者に問題があるのがどれほど明確だったとしても、『自分は悪くない』という言葉は何も悪いことをやっていない場合にのみ用いるべきです。中産階級や上流階級で私立学校に行っていた子供たちとて悪さが運悪く見つかった時は体罰を受けたものです。しかし、庶民の子供たちの中には不必要に罰を与えられた子供たちも多くいます。その子供たちが大人になれば、当然有権者となり一家の主人ともなります。彼らは気づいていない、あるいは、認めたがらないのですが、政治家を躍らせていたのは彼らの声なのです。彼らは票集めのために民衆に媚を売る政治家と、外国の脅威を訴え心配性と揶揄された政治家のいずれかを選択しなければなりませんでしたが、彼らが選んだのは常に前者でした。そして、今の彼らはつらい思いをしています。彼らは罰を受けていますが、その罰というのは彼らが負うべき叱責ではありません。現在課されている税金こそが罰なのです。そしてこれが彼らの不満の大きな一因になっています。それに、これから課される人生初の兵役もまたその罰に加わることでしょう。しかし、この苦難の時にあっても彼らには愛すべき側面がありますと若い牧師は付け加えて言った。「彼らの心の奥底には前の王朝への本物の愛があるのです。未来の歴史家たちは英国の王家が臣民の関心を真に、そして永く惹きつけることがなぜできたのか、ということを解明できるかもしれません。もっとも貧しく無関心な人たちの間で、公人や政治家、そして慈善家などは誰一人として重要ではありません。しかし、誇れるものや持ち物があまりにも少なくなった今では、亡くなったヴィクトリア女王やエドワード七世、また、ある意味では英国内ともいえるインドの王宮に住んでいる無力な王族や若い王子が、誇らしくも切なくなる大事な心の支えとなっています。貧しい私の教区民たちは前の王朝一族の写真が欲しい、とよく言ってきます。私が与える施しのなかで、これを彼らは一番喜ぶのです。『メアリー王女以外はみんな持ってるの』ある老女は先週私にそう言いました。それで、私が彼女のコレクションの穴を埋める古い『バイスタンダー』誌の写真を持って行くと、彼女は喜びのあまり泣き出しそうでした。毎年アレクサンドラ女王の日*に彼女たちは、昔小銭で買った古びた

---

* **アレクサンドラ女王の日**　エドワード七世と結婚し英国王妃となったアレクサンドラ女王（一八四四―一九二五）の渡英五十周年を記念して、一九一二年から始まったチャリティーイベント。「ア（↙）

薔薇の飾り物を身につけるのです」

「その彼らに兵役を課すことになるこの法律の悲しいところは、彼らが守るべき国がなくなった時に施行されるということですね」ヨービルは言った。

若い牧師は耐え難いもどかしさのあまり声を上げた。

「この一連のことは残酷な茶番劇ですよ。有望な若者たちがつまらない人間になっていくのを目の当たりにするのは私の仕事上、日常茶飯事でした。戦いに適した汚れない資質を先祖から受け継いでいて、当然冒険心も持っている、そんな若者が店や倉庫や工場で何の変化もない退屈な仕事を続けていくというのは耐え難いことです。きっと、彼らは素晴らしい兵士になることができたでしょう。また、規律正しい軍で訓練を経れば彼らは非常に堅実で真面目な人間になることもできたでしょう。それは、退役後の人生にも大いに役に立ったはずです。そんな彼らが唯一冒険心を満たせたものといえば、矯正施設や刑務所に入れられることなく小さな犯罪に手を染めることだったのです。彼らの中で警察の手を逃れることができなかった者は刑務所の運動場をただ徘徊することしかできない生活を強いられ、また、そこで守るべき規則というのは、彼らの人格を立派にするものではなく、破滅させるものなのです。彼らもかつては陽気な若者でした。犯罪とは無縁で、怠惰な性格でもなかったのです。刑務所の運動場を見たことがありますか？　今の彼らは青い空の下、灰色の壁に囲まれた運動場で無目的に、ただ延々ぐるぐると歩いているのです」

ヨービルは頷いた。

「犯罪者と知的障害者にはそれでも十分でしょう」彼は言った。「しかし、彼らだって心に悪を宿す代わりに唇に笑みを浮かべて、ドラムの音に合わせて行進するという健全な育ち方ができたはずなのです。彼らが堕落していくケースを目の当たりにすると、時々私の心には悪しき感情が込み上げてきます。あなたは私のことを少し変わっていると思うかもしれませんね」

「私はあなたを言い表す言葉を考えていました」ヨービルは言った。「小さな悪魔たちに無限なる優しさで臨む神に仕える者」

牧師は赤面した。

---

(／) レクサンドラ・ローズの日」としても知られ、ロンドンの病院に収益金を寄贈することを目的とした。このイベントは一九一二年六月二十六日に初めて行われ、路上で貴族の女性たちから一ペニーで薔薇が買えると話題になった。

「墓標にするのにとてもいい言葉ですね」彼は言った。「特に墓がひしめき合った都市部の墓地に建立するのにぴったりです。私が神に仕える者だとしても、平和的な人物だとは言えないでしょう」

たくましいその若者の顔を見て、ヨービルが想像した古《いにしえ》の時代の戦闘的な小修道院長というイメージはより強くなった。平和的とは言えないという彼の言葉にヨービルは内心同意した。

「私が人生で学んだ一つのことは」若い男は続けた。「平和というのはこの世にはないのだということです。平和とは神が我々を御国へ召し給う時に与えられるのです。剣を鞘に納めたければそうすればいい。しかし、それは敵を打ち砕いた後です」

さまざまなエンジン音やクラクションの音が鳴り響く道路から、大声が何度も聞こえてきた。

「号がーい！　徴兵！　ごーがーい！」

若い牧師は椅子から急いで立ち上がり、階段を駆け上がった。ドミノを指していた人や小説を読んでいた人たちは少し驚いた様子で彼を見上げた。ものの数秒で彼は新聞を携え戻ってきた。帝国の公布については左右のコラムにそれぞれ英語とドイツ語で説明されていた。新聞を読みながらこの若者の顔は燃えるように赤くなったが、やがてその血の色は引いて青白くなっていった。彼は発表を最後まで読むとヨービルに新聞を手渡した。彼は何も言わずに去っていった。

その文章は、上品で丁寧、なおかつ配慮のある言葉遣いで表面上の体裁は整えられていたが、その内容は痛烈な皮肉に満ちたものだった。英国に居住する英国人として生まれたドイツ帝国の臣民は武器を扱わない民として生きてきた。また、政治の仕組みや日常生活から兵役と防衛訓練を断固として排除してきた。武器を取り、軍の規律に順応できる民族ではないと自認する彼らの判断を蔑ろにはできない。彼らの新たな君主は彼らに軍に対する犠牲や貢献をドイツ生まれの臣民に課すことで、彼らの感情や慣習を蔑ろにしない。帝国内の英国人たる臣民は今後も引き続き平和な仕事、商取引や農耕に生涯を捧げることになる。沿岸部と船舶の保護、秩序と治安の維持はドイツ軍の守備隊が帝国艦隊と協力して保証する。英国内に一時的あるいは期限の定め無く居住するドイツ生まれの臣民は、他の帝国に住むドイツの血を引く臣民と同様に兵役の義務を定める法律の支配を受ける。また、訓練やその他の軍務を定期的に休むことで彼らの生活が困窮しないよう特例法を設ける。必然的に英国人の納税者には防衛費にかかる税率についてドイツ人とは大きく異なる基準が適用される。これは守備隊を維持する費用と皇帝の臣民たる二つの民族による奉仕と犠牲を平準化するためである。今後、軍に英国生まれの臣民の入隊は受け入れないことから、軍に関する訓練の一切は必要ない。それゆえ、今後はすべてのライフルクラブ、軍事訓練の関連団体、軍事教練隊は違法とする。武器は特定の競技で用いる場合のみ、定められた手続きを経て登録し、必要な時はいつでも調査を受けるという条件のもとで所持・購入・携帯することができる。兵器学は、その研究や使用について著しい嫌悪を示したこの人種から完全に排除することとする。

この法律の冷ややかな皮肉は強烈に英国に突きつけられた。というのは、このような法律は全く予期されていなかったからである。民衆が構えていたのは、さまざまな形の徴兵制だった。忌々しいほど負担の大きなもの、あるいは、計算高く負担を低くしたものなどを想像していたが、それがどのような形であっても、ひどく不評を買うのは間違いなかっただろう。しかし、今回発表されたのは軽蔑が込められた施しである。また、この施しは鶴の一声で英国の人々にとって悩みの種だった忌まわしい徴兵の義務を取り除いたのであった。そして、ずいぶん昔に英国人は敵国から「商店主の国」*と意地悪く揶揄されたが、この否定し難い哀れな側面がより強調されることとなってしまった。否、実際にはそれよりもさらに低い地位である「もはや国を持たない商店主たる民族」が適当だったといえよう。

ヨービルは新聞を握り日の射す通りへと出た。すると突然ドラムロールと管楽器の音が鳴り響いた。バイエルンの歩兵隊が華やかに隊列を組み、元気に手を振りながらキビキビとした動きで通り過ぎていった。通りに鳴り響いた音がこの英国人の耳には、歓喜する若者の鼓動が絶妙に組み込まれた異教の曲に聞こえた。彼がいた喫茶店から若者の一団が歩道に集まって兵士たちが通り過ぎるのを見ていた。彼らは自分たちが味わうことのない人生の一場面をじっと見ていたのだった。軍服、勇敢に生きる喜び、キャンプ地やバラックでの仲間との親交、訓練場や雑役中に守る厳しい規律、不眠不休の見張り番、塹壕掘り、強行軍、怪我、発熱、飢え、野戦病院、血に濡れた栄冠、これら一切が彼らと無縁なのだ。そのようなものについて、彼らはただぼんやりと想像するか映画で見るしかないのだ。彼らは文民の集団に属していたのだから。

＊ **商店主の国**　ナポレオン戦争の間、ナポレオンが英国を侮辱してこう言った、と英国内の新聞で多用され有名になった。ナポレオンが実際に言ったかは不明。

ヨービルがバークシャー通りに戻ってくると、大きな居間ではまだ午後の茶会が気だるそうに続いていた。シシリーは四十一歳といったくらいの男の相手をしていた。彼は若作りをし過ぎていたせいで実際よりも少し老けて見えた。パーシバル・プラージーは太っていて、青白い顔をした短足の男だった。彼の頬は膨らみ、また、鼻はとても大きく、そして、髪は細く色艶がなかった。彼の母は親にありがちな勘違いから二十数年前に彼のことをハンサムな若者だと思い、その母の影響で彼も同じ考えを持つようになった。月日が経って、運動嫌いのこの少年は不健康そうな肥満の男になったが、自分がハンサムであるという考えはほとんど揺らぐことはなかった。プラージーは若者らしい魅力と美しさが自分にみなぎっているという考えを捨てることは一度としてできなかった。勝算が無い場合、むしろ、やる気が出てくることはよくあるが、その種の献身的姿勢で彼は日々入念におしゃれをしていたのだった。彼は自分自身のことと、虚しい彼の人生に関する話をひっきりなしにベラベラと喋っていた。ロニー・ストアーが、バター作りの大会で太った主教が祝福の言葉を述べるのを思い出させると言ったその声で、プラージーは短い言葉の数々を悦に入って話していた。彼は重要だと思っている自分の短い発表や宣言をべらべらと述べ立てながら、それが与えた影響をつぶさに観察しようと、聞き手をまじまじと見ていた。そして今は自分の新しい音楽室の内装や家具のディテールについて早口で話していた。

「カーテンはすべてパルマスミレの色。家具はすべてローズウッド。あの部屋の唯一の置物はウィーンにあるモーツァルト像のレプリカ。モーツァルトの曲以外は流さないんです。絶対にモーツァルトだけです」

「それだと飽きませんこと？」シシリーは言った。彼女はこの重大な発表にコメントすることが期待されていると感じたのだった。

「人はあらゆることに飽きますよ」とプラージーは言い、うんざりした様子で大きく短いため息をついた。「ルービンシュタイン*にどれほど飽きたことか、他人には想像できないくらいですよ。いつかモーツァルトにも飽きることでしょう。パルマスミレの色にもローズウッドにも。黄水仙に飽きることがあるなんて思いもしませんでしたが、今では家の中に一つとして置いてません。ああ、この間、誰かが家に黄水仙を持ってくるということがありました。私は本当に失礼なことをしたと思いますが、仕方なかったんです」

＊　**ルービンシュタイン**　おそらくロシア人音楽家のルービンシュタイン兄弟（兄アントン、一八二九―一八九四／弟ニコライ、一八三五―一八八一）のどちらかであると思われる。

彼はこのような調子で長い夏の日や冬の夜、ずっと話し続けることができたのである。ヨービルは武器を持つことができない民族の一人となったが、目の前にいるこの嫌な男を素手で殴りつけて蹴り上げることが許されるなら、武器の不所持を定める法律でさえ歓迎したい気分だった。

しかし、そういうわけにもいかず、意地悪い嘘をついてやろうと閃いて彼は会話に割って入った。

「素晴らしいですね」彼はあっけらかんと言った。「ウィーンのモーツァルト像はとても人気になりましたね。州立芸術学校の視察官をしている友人は、全ての教室にそのレプリカがあると言ってましたよ」

実際に暴力を働くことの代わりとしてはずいぶん物足りなかったが、彼の気持ちを満足させるのに、これが法治国家で彼に許された精一杯のことだった。それに、これでプラージーをひどく惨めな気持ちにさせることはできたのだった。

# 第十二章　旅の連れ

ヨービルを乗せたトーリーウッド行きの列車は、時折がたがた揺れながら、ぼんやりと夢心地なイギリスの夏の景色を西へ向かって進んでいた。醜さを露わにした殺風景な鉄のレールは列車の窓から消え、眼下には何マイルも緑が広がっていた。生垣や茂みに囲まれて、背の高い野草や牧草が牧草地のいたるところで低木の枝に届きそうな高さまでひしめき合うように束ねられていた。そして、その低木の枝葉が、草の束に影を落としていた。広い小川は葦とスゲで厚く縁取られ、曲がりくねって、無限に広がっているかのような森と牧草地が作る緑の彼方へと流れていた。狭い小川は、その流れが育てた茂みで見えなくなっていた。この広大な牧草地でひときわ豊かな緑色を作る細い茂みの中、水草によってその小川の姿は見えなくなっていたのだった。また、この川岸では水鳥がひょこひょこと自信たっぷりに歩いていた。それは危険に対して二重の備えをした者なら誰でも持ち得る類の自信であった。臆病なヤマウズラは列車が現れると我先にと体を一直線に伸ばし飛び去っていった。それはあたかも人間にばったり遭遇した森の小さな妖精が逃げ出したかのようだった。そして木々の向こうでは列車がレールの上で必死に突き進んでいるよりもはるかに長い距離を旅するのだ、と言わんばかりに何羽かのサギがゆっくりと翼を羽ばたかせ飛んでいた。そして、牧草地だった風景は突然果樹園へと変わった。密集して生える木々は収穫の時期が近いことを知らせていた。やがて、藁置き場と農家が視界に入ってきた。灰色や茶色に白のまだら模様のあるさまざまな毛色をした大きな牛がゲートの近くに留まって、刺してくる虫に対して眠たげに不快感を示していた。アヒルの群れは魅力的な馬用の池と誘惑的な台所のどちらに行くか悩んで立ち止まっているかのようだった。流れの急な水車用水路の岸から離れた場所にある低木林とトウモロコシ畑が広がる場所では赤い屋根や灰色の煙が立ち込める煙突、それに古い教会の塔が通過する列車の窓から見え、そこには村があるようだった。そして、この一帯は、マスで賑わう小川の夢心地なざわめきや遠くから聞こえるカラスの鳴き声といった、幸福な静けさに満ちていた。

この辺りはいつも夏の午後なのだろうと思いたくなる土地だった。野生のタイムやコテージの花壇の中を蜂がブンブン飛び、カヤネズミはトウモロコシやイラクサの間をかさかさと音を立てて走り回る。水草が生えた暗いトンネル型の水門を通り、水車を回す水は冷たく静かに流れている。そして、木製の水車に柔らかな低音の音楽を奏でさせている。また、その音楽とともに聞こえてくるのは、孤独だが呑気で幸せな水車小屋の主について、また、灰色の雌馬に乗った農夫について、あるいは、楽しげな水車の歯車の下に住むネズミについて言い伝えられる不朽不滅の詩である。そして、向こうの緑の丘から聞こえるうっとりするような音楽と黄色の服を着た踊り子たちについての歌を奏でている。子供が長い夏の日を過ごすように大人たちが生きていたかつての日々、説明できない何かに純粋な信頼を置いて眠りについていたかつての日々、そのような長らく続いた昔の時代の歌と夢をこの水車は奏でている。そんな場所をヨービルは思い描いたのだった。

非常に愛着がある土地を再び訪れる者のように、彼は通り過ぎて行く風景を食い入るように眺めた。彼の空想は列車よりも速く心の中で駆け巡っていた。曲がりくねった道や谷を視界の彼方まで見渡し、農園や村、丘や窪み、騒がしい宿屋の店先や静かな森を彼は想像したのだった。

「美しい国ですね」近くに座っていた唯一の乗客が言った。彼もまた移りゆく窓からの風景を見ていた。「戦う価値のある国です」

彼の英語はとても流暢だったが、彼が外国人なのは明らかだった。彼をヨーロッパ東半分のどこかの民族だと断言する人間だっているだろう。

「あなたの言う通り美しい国です」ヨービルは答えた。そして彼は質問を付け足した。「あなたはドイツ人ですか?」

「いえ、ハンガリー人です」会話の相手は答えた。「あなたはイギリス人ですか?」彼は尋ねた。

「イギリスには長く住んでいます。でもロシアから来たのです」ヨービルは言った。彼は自分の国籍について、この旅の道連れが勘違いするよう仕向けた。それは、微妙な問題についてより自由に話してもらいたかったからである。ヨービルが外国で外国人に囲まれて暮らしていた時、彼は英国の惨状についての話は、それがたとえ遠回しに語られていても聞こうとはしなかった。しかし、今の彼は英国の災難とその原因について外国人の中立な意見を聞きたくなったのだ。

「奇妙な光景ですね。驚嘆ものですよ」相手は話し始めた。「この国のような偉大な国家が。世界中にその旗が掲げられ、その国の言葉が使えるといった、現代どころか有史以来もっとも偉大な国家の一つ、それが、たった一度の短い会戦で……」

そして彼は何度も肩をすくめ、雌鶏がうろついているひよこを集める時に出すようなコッコッという高い音を出した。

「英国人は軟弱になりました」彼は話を続けた。「世界中から物が集まったことで贅沢を覚え、気骨がなくなっていったのです。彼らは十分な警告を受けていました。危惧すべきことは彼らの目の前で起こっていました。しかし、それらを警戒すべきこととは受け止めなかったのです。彼らはたった一世代の間に日本の陸軍と海軍の台頭を目の当たりにしました。熱帯の海に囲まれた田んぼばかりの島に住んでいる褐色の肌の民族、紙でできた団扇に、花や素敵な庭園といった程度の印象しかなかった民族が、突然大国として躍進し世界の注目の的となったのです。彼らはまた、ブルガール人の蜂起*も目の当たりにしました。トルコの警察に弾圧されていた貧しい農夫たちとブカレストとオデッサに亡命していたわずかな数の学生たちは、一世代の間に気骨のある武装国家にブルガリアを変え、その歴史を自分たちの目線で作ることもできるようになったのです。英国人たちは、これらのこと

＊　**ブルガール人の蜂起**　一八七六年にブルガリアで起きた四月蜂起のこと。

が周りで起こっていることには気づいていました。そして、戦争の影が大きく濃くなって、その影が今にも自国に落ちようとしていたのに、彼らは立ち上がらず、弱腰に平和主義へと傾倒したのです。彼らは気骨もなく、宗教に全てを委ねたのです」

「宗教に？」ヨービルは言った。

「ええ、宗教にです」この話し相手はきっぱりと言った。「彼らはキリストを優しい兄のようなもの、と見るようになりました。外国から来るその兄についての書物は読む価値があると考えました。そして、信仰心から神秘と奇跡が無くなると、当然のように飽きてきました。いや、うんざりするほど飽きたのです。田舎に住むイギリス人を多く知ってますが、彼らは召使いたちにいい見本を見せるため、週に一度必ず教会に行く、という話をよく私にします。彼らは信仰することにうんざりしているのですが、本物の無宗教となるほどの度胸もないのです。彼らにとっての異教徒とは若い好青年たちでした。彼らは英国の伝統舞踊であるモリス・ダンス*を踊り、健康的な食事をし、社会主義のようなものに染まっていました。これはたくさんの人にこれまでにない退屈を与えるものでした。崩壊したロンドンの上流階級のかろうじて残っているところへ行ってみれば、まだたくさん彼らのような人がいるのが分かりますよ」

ヨービルは彼の言葉に渋々同意するつぶやきを吐いた。

「政治的な考えでも彼らは軟弱になりました」この容赦ない批評家は話し続けた。「外国人はみな悪人で下劣であるという、この島国での旧来の考え方は、同じく島国ならではの無知ゆえ、ほとんどの外国人は優しくて善人であり、ただ話しかけさえすれば、あるいは背中を軽く叩くだけで友人にも恩人にもなるという考えに取って代わりました。もし、どこかの外務大臣が休暇で英国にやってきて、そこで田舎の家に招かれ、テニスコートや石庭や子供たちを紹介されると、彼は長らく守り続けてきた外交方針を変えて、非友好的な拡大政策を止めるだろうと英国人は信じだしたのです。私はダイニングクラブでの食後の討論会で、とても力のあるドイツの政治家の娘がイギリスの学校に行っているから今後の両国の関係は改善することが期待できる、あるいは、この状況なら確実と言っていいかもしれない、と真面目に言っているのを聞きました。私がジョークを言っていると思います

＊　**モリス・ダンス**　イギリスの伝統舞踊である。地域によってそのスタイルは異なるが、概ね共通しているのは、足首のあたりに鈴をつけ、手にハンカチや棒などを持って六人か八人のグループで音楽に合わせて踊る、といったことである。

か？　私は実際に起きたことを話しているのです。そのクラブの出席者たちは政治家や国政の有力者たち、それから作家崩れもいました。これは島国特有の考えの浅さです。悪い結果をもたらす類の浅はかさなのです。周辺国が目と鼻の先にあるハンガリー人である私たちは外国人に多くの幻想を抱くことはありません。オーストリア人にルーマニア人、それからセルビア人やイタリア人、そしてチェコ人に囲まれているのです。彼らがどのように私たちを見ているか知っていますし、また彼らをどのように見るべきかも知っています。それに私たちが世界に何を望むか、そして、世界が私たちに何を望んでいるかも理解しています。このことを知っているからといって互いに戦争を仕掛け合う、という性急な真似はしませんが、少なくとも私たちが軟弱になるということは避けられます。ああ、英国の獅子は平和な時代を切り開き、優雅に子羊と横たわろうと急ぎすぎた。この獅子は二つの間違いを犯しました。たった二つですが、致命的な間違いです。まず、その平和な時代はまだ到来していなかったということ、それに、ともに横たわろうとした相手は子羊ではなかったということでした」

「あなたの話し振りから察するに、あなたはイギリス人がお嫌いのようですね」このハンガリー人が皮肉っぽく少しの間笑ったのを見て、ヨービルは言った。

「私は彼らのことが好きですよ」ハンガリー人は答えた。「しかし、今は軟弱になってしまった彼らに対して怒っています。この駅で降ります」列車がスピードを緩めるなか、彼は付け加えた。そして自分の荷物をまとめ始めた。「私は彼らに怒っています」彼はこの話題を締める最後の言葉を言った。「なぜなら私はドイツ人が嫌いだからです」

彼は別れの挨拶に帽子を礼儀正しく持ち上げ列車を降りた。彼がいた席には睨みつけるような大きい目をした赤ら顔の大柄な男が足を大きく開いて座った。彼は釣り桶や毛針などたくさんの釣り道具を持ち込んでいた。彼のような人物は大声で話し、バーや小さなホテルで交わされるどんな話題であってもその道に精通した者のように振舞うだろうという印象を本能的に与える男だった。

「イギリス人か?」ヨービルをじろっと見たあとで彼は尋ねた。

ヨービルは今回は自分の国籍を隠すという手間を掛けなかった。この質問する男に向かって彼は素っ気なく頷いた。

「それはよかった」この釣り人は言った。「ドイツ人と同伴するのは勘弁なんだ」

「残念ながら」ヨービルは言った。「ドイツ人とは同国の仲間として同じ列車に乗らなければいけませんね。仲間といっても相手の立場の方が上ですけど」

「ああ、その問題なら自ずとよくなる」話し相手は自信たっぷりに答えた。「見てみろ。近いうちによくなってるからな」

「政治の世界で自ずとよくなるということとはありませんよ」ヨービルは言った。「よくするのです。よくなるのとよくするのでは全然違いますよ」

「どういう意味だ？」釣り人は聞いた。彼は自分の主張が吟味されるのを嫌ったのだった。

「私たちは自分たちの国を賢くて横暴な人々に支配者として君臨させる機会を与えてしまいました。彼らが私たちに自分たちを追い出す機会を簡単に与えてくれるとは思えません。追い出すためには、私たちは彼らより少しでも賢く、強く、凶暴でなければならないのです。そして、私たちは今までよりもはるかに自己犠牲的にならなければなりません」

「俺たちは十二分にそうなるよ」釣り人は言った。「今度は本気だ。この前の戦争は戦争じゃなかった。あれは不意打ちだ。俺たちは準備不足だったのに相手はしっかり準備してたんだ。もう、あんなヘマはないよ。安心しろ。俺は適当なことを言ってるんじゃないぞ。国中あちこち行って話を色々聞いてきたんだ」

彼は自分の意見を言うばかりで、人の話を聞いてきたわけではないだろう、とヨービルは思った。

「俺の言い分には根拠だってあるぞ」釣り人は話を続けた。「俺たちのような、世界を牽引してきた歴史のある非常に文明的な民族が、クソみたいなソーセージ野郎にずっと支配されるなんてことは起こらないんだ。これが分からないのか？　俺は適当なことは言ってないぞ。少しくらいなら世界中を旅行したことだってあるんだ」

世界中を旅行したと言うが、せいぜいアメリカかチャネル諸島に行った程度だろう。あるいは数週間パリにでも行ったか、というのが関の山だ、と彼の言葉をヨービルはすぐに疑った。

「私たちが考えるべきは過去ではなく未来です」ヨービルは言った。「他の海洋国家でも誇るべき歴史は持っています。スペインやオランダなどがそうです。制海権を失ってしまったら過去の栄光など役に立たないのです。これは、過去に実際に起こったことです。それもあまり遠くない過去に」

「これがあんたの間違いの元だ」話し相手は言った。「俺たちは今でも海を支配しているし、それはこれからも変わらねえ。海の向こうに大英帝国があるんだぜ。カナダ、オーストラリア、ニュージーランド、それに東アフリカもだ」

彼はこれらの名詞を勝ち誇ったように言い並べた。

「今言ったのが最高の戦艦や巡洋艦、駆逐艦、飛行艇の名前だったら少しは心強いし、状況打開にも光が見えるというものですが」ヨービルは言った。「植民地の忠義心というのは素晴らしいものです。しかし、その忠義心も今回ばかりはその素晴らしさにもかかわらず惨めなものです。というのは、我々が失ったものを取り戻すのに、この忠義心はほとんど役に立たないからです。ツェッペリン航空艦隊やドレッドノート艦隊、それから海上で最高の移動速度を誇る最新のゲーバーハウス巡洋艦に対して忠誠心と何ヶ所かの沿岸に配備した六隻ほどの軍艦が何の役に立ちますか。相手はその十倍の軍艦を持っているんです」

「あいつらだって造るさ」釣り人は自信たっぷりに言った。「今は造船所の面積を拡大して、申し分ないレベルの機械工や技術者、労働者を確保するのを待つだけだ。金は後からついてくる。あとは建造するだけだ」

「ということは、つまり」ヨービルは痛烈な軽蔑を込めてゆっくりと言った。「この敗戦国が制海権を奪い返せるくらい大きな艦隊が新しく作られるのを、あの戦勝国が黙って見過ごすと思っているのですか？　自国の優位性が危うくなったり失われるまで軍艦が一隻一隻建造されていくのを、あるいは大砲や飛行船が着々と作られていくのをドイツがただ見守るということがあるでしょうか？　そのような軍拡というのは一世代に一度だけ行うのが関の山です。二度もすることはできません。オーストラリアやニュージーランドが造船所と格納庫を拡大してドレッドノートや飛行船を造っている間、誰がそれらの国を守ってくれますか？」

「ああ、この駅だ。邪魔したな」釣り人はそう言いながら、道具をまとめ立ち上がった。「あんたの言い分は十分に聞いた。俺とあんたじゃ意見が合わねえ。一日中話し合ったとしてもだ。本当のところはこうだ。俺は骨の髄まで愛国者だが、あんたは半端だ。半端な愛国者、それがあんたという人間だ」

この捨て台詞を吐いたあと、彼は客車を出て重々しくプラットホームに降りた。ライフルを扱ったこともなければ、馬に乗ったこともなく、また、オールを漕いだこともない愛国者。口先で敵国を打ち砕こうとすることには全く恐れを見せない愛国者。

「イギリスには彼のような愛国者がたくさんいる」ヨービルは心の中で悲しくつぶやいた。

「愛国心に欠ける愛国者がどれほど多いことか」

# 第十三章　トーリーウッド

ヨービルは田舎の小さくて清潔な駅で列車を降りた。清潔さ、ゆったりとした時間の流れ、アブラナ科のニオイアラセイトウやワイアンドット種の鶏などが丹念に飼育されているのには、駅長の趣味が色濃く反映されているのだろう、とヨービルは一目で判断した。ヨービルが乗っていた列車は木々や牧草地の彼方へと去っていき、石庭や鶏小屋、それにウィスキーの広告写真から出来上がったような世界に彼はポツンと立っていた。必要があればポーターの仕事もする、といった身なりの駅長は、心優しい人がスズメバチを払いのけるかのような丁寧な動作でヨービルのチケットを受け取った。そして駅長は病気で手遅れになった夏の鶏について読者に賢明なアドバイスを与えてくれる『ポートリー・クロニクル』誌をじっくり読み始めた。ヨービルはシベリアで小さな町の駅長をしていた人物を思い出した。彼はヨービルとシェリーの詩の長所と短所について長く、知的な会話をしたのだった。もし、この雑誌を読んでいる彼とミハイル・レールモントフ*の詩について、あるいはシェリーについて彼と議論をしたらどうなるだろうか、とヨービルは思った。しかし、懐っこい笑みを浮かべた茶色の目の馬丁の少年が到着したことで、駅長との議論を試みようとする気持ちは消えた。この少年は駅に駆け込んで来て、ヨービルをいつか上流階級とは見なさなくなるであろう現実世界に連れ戻した。

駅の外の道路には、名高いトーリーウッド産の青粕毛の馬を二頭立てにした四輪馬車があった。現代の輸送手段の一つとしてどこにでもある自動車ではなく、高い品質の馬に駅で出会えるのは気分がよかった。そして、ここで見える風景は砂埃を巻き上げながら、自動車でさっさと移動するには勿体無かった。生垣が両脇に植えられた曲がりくねった道路を通りながら十分か十五分という時間があっという間に過ぎると、青粕毛の馬は広い門へと入っていき、踊るような、そして、律動的な歩調で敷地の中を進んで行った。オークの木が冠のように茂る高台を登ると、それまで遮られた景色が一気に眼下に広がった。そこには、ブナと黒い松の木が低く立ち並ぶ場所に屋根が鋭くそびえる灰色の建物が見えた。このトーリーウッドの家は壮麗でもなく、また、穏やかな印象を与えるものでもなかった。この家は静かな景色の中にあって、前屈みで耳を立てて警戒した目つきの犬のようだった。

ウィリアム三世**の治世末期頃に建てられて以来、この地方の政治活動の中心地だった。その時々の状況によっては政治に不満を抱く者たちによる騒ぎの中心であったり、愛国者たちの集会場所にもなった。家の前面に設けられた石造りのテラスでは、猟犬に追われる雄ジカをディアナ***が狩るという風変わりな鉛色の像があった。この場所を、歴代のトーリーウッドの地主や領主たちは友人たちと歩き回り、政界の雷雲や、政治の情勢を測る日時計の影を観察し、政界の気圧計を軽く叩いてはその変化を探ったり、あるいは、選挙運動を計画したり、政治運動への支持を手配したりしたのである。どの世代においても政策への情熱と政治的闘争をする気概を持った男たちがこのテラスを行き交い、そして、ここの用心深そうな開き窓の下の壁は幾度となく口にされた名前を反響させてきたのだった。怒りや尊敬を込めて名前を口に出す者もいれば、恐れや不安から名前を囁く者もいた。それら

* **ミハイル・レールモントフ**　小説『現代の英雄』で知られるロシアの詩人、作家（一八一四—一八四一）。

** **ウィリアム三世**　英国王ウィリアム三世（一六五〇—一七〇二、在位一六八九—一七〇二）のこと。フランスとの対立路線を確立し、その後の英国の世界覇権への道を作った。

*** **ディアナ**　ローマ神話で狩猟や月の女神とされる。

はボリンブルック、チャールズ・エドワード、ウォルポール、農夫ジョージ、ボナパルト、ピット、ウェリントン、ピール、グラッドストン*といった人々で、彼らの名前は長年の反響によってテラスの石と家の灰色の壁に深く刻まれているかもしれない。そして、今は疲れ切った老女がここを歩き、かつて議論の的になっていた数々の名前は声にならない独り言のように彼女の唇に留まったままであった。

　歓喜したフォックステリアとスパニエルが馬車を迎えた。馬と御者と馬丁のことを三十分ではなく数ヶ月振りに再会した仲間であるかのように、犬の群れは飛びついたり、駆け回ったり、吠えたりしながら溢れんばかりに愛想を振りまいていた。誰かれ構わず好意を見せる一匹の仔犬はヨービルの足元で仰向けになってクンクンと鳴き声を上げながら、尻尾を激しく振って砂利を周囲に撒き散らしていた。その一方で、二匹のテリアは青粕毛の馬にどれほど早く走れるかを自慢するように、芝の上や低木の間を狂ったように駆け回っていた。目に笑みを浮かべた若い馬丁は仔犬をヨービルの両足の間から退けて、灰色の静寂に包まれた玄関へ彼を案内した。太陽光とざわめきと迸《ほとばし》るような生気を後に残してヨービルは屋敷に入っていった。

「奥様は書斎でお待ちです」と告げられた彼は、召使いの案内で馴染み深い部屋に通じる暗い廊下を歩いた。

目の前にいる疲れた様子の老女を見て、ヨービルはふと先ほどまで目にしていた光景と、悲しいほどに対照的だと感じた。それは、踊るように高らかに歩く馬や、駆け回る犬、そして綺麗な身なりの召使いの少年たちを見てヨービルの心に焼き付いた生の激しさと若さと恐れのなさを彼女と比較して感じたのだった。

未亡人、エレノア・グレイマーテンは半世紀以上トーリーウッドを仕切る存在であった。この地方の諸問題も、心身ともに疲れ知らずの働き振りをする彼女にとっては仕事量が多すぎる、ということはなかった。英国の内地及び外地の多岐にわたる事柄について、彼女は精力的かつ賢明に取り組み、作戦を練り、そして、戦った。その精力と賢明さはスコットランドの血を引く彼女の中にある用心深さと、向こう見ずな落ち着きのなさとが混じり合った性質から生まれたものなのかもしれない。政治と公の議論の場というのは、快適な

---

＊　**ボリンブルック、チャールズ・エドワード、ウォルポール、農夫ジョージ、ボナパルト、ピット、ウエリントン、ピール、グラッドストン**　ここで列挙される名はボナパルト（ナポレオン・ボナパルト）を除き、いずれも十八世紀から十九世紀に活躍した英国の王侯や首相経験者。

椅子に座って傍観する限り、教養のある多くの人にとっては下らなく嫌悪感を催す残念なものであり、そうでない人たちにとっては、魅力的な見世物である。しかし、その議論の場こそが彼女にとっての居場所だったのである。ノートを膝に乗せて肘で電話を挟むといった慌ただしい日々を都会の別宅やこの本邸で過ごしてきた。そこでは、信頼のおける仲間と相談したり、煮え切らない支援者や懐疑的な対立者を説得する、といった働きぶりで、彼女は貧困にあえぐ人々のため、そして、自身の信じる権利のために戦ったのである。しかし、何よりも祖国の安全と平和のために戦った。彼女は必要があれば下働きもしたし、また同様に要請があれば人々の先頭に立つこともあった。しかし、多分彼女は気づいていないだろうが、彼女の業績の中でも特に優れたものは、自己中心的な者や、やる気のない者、のろまな者や腰の重い者に対して呼びかけ、決して屈服しない孤独な戦士という手本を民衆に示したことだった。

そして目の前の彼女は、フランス人が思い入れたっぷりに「敗北者の雰囲気」と呼ぶような、「疲れた王の疲れた足取り」で部屋にやってきた。天が老女たちに授ける衰えという魔法は人生の終わりまで消えることを知らないものだが、闘争力と支配力の最盛期を謳歌していたこの偉大な婦人の威厳と精力の中では、その魔法はいつも影を潜めていたようだった。しかし、今の彼女はひどく年老いたように見えた。死が自分を召さんとして待ちくたびれているのに気づいた人間が抱く、孤独な侘しさに彼女は打ちひしがれているようだった。緊張の糸を緩めることなく走り続けた彼女は、長い間、自らに休息を与えようとはしなかった。ところが、彼女がこれまで築き上げてきたもの全てがある秋のたった一週間の間に崩壊した。彼女の労を費やしてきた世界が粉々になってしまったのである。彼女の晩節というのは、喩えるならば、手間暇かけて育てた作物が病害と嵐によって駄目になってしまった収穫期の農家のようなものである。勝利こそが彼女の人生のゴールだった。勝利か死か、という昔ながらの英雄的試練の場において、彼女は最後まで戦いながら死ぬことを夢見てきた。しかし、勝利か死、神は彼女にそのどちらも与えなかった。神が与えたのは筆舌に尽くし難い敗北の苦しみだったのだ。そして、「幸福」や「希望」は先に死に絶え、無残に残ったのは「人生の疲れ」だったのである。これが、未亡人エレノア・グレイマーテンであった。彼女はトーリーウッドの若さ溢れる中に佇む影であった。しかし、この影は消えるには存在感があまりに大きく、その周囲を取り囲む光よりも強かった。

ヨービルはシベリアの広大な森林や河川、荒涼としたツンドラ、野生の白鳥が雛を育てる湖や湿地帯、花の絨毯が見られる夏の草原、ロシアの北の海に見られる流氷、といった前回の旅行について長広舌をふるった。双方にとって最も懸案だった話題を避けるかのように彼は旅行について話したのだった。それは、直視するにはあまりにも痛ましい傷や歪《いびつ》さから目を背ける人間の心理に似ていた。

　オーク材を壁にあしらった広く奥行きのある部屋でお茶が出された。この部屋はマスターフォード家の人間が何世代にもわたって、その子供時代に飛び回ったりして遊んだ場所で、彼らの姿は本人に忠実に描かれたであろう肖像画として、いまだここに留まっていた。お茶を飲んだあと、この屋敷の女主人はヨービルを鳥小屋へ案内した。そこはトーリーウッドで唯一の名所と言える場所だった。ギルバート・ホワイト*が語り草となった手紙を書いた頃の時代に、第三代伯爵グレイマーテンは貴重で興味深い鳥類を収集し、彼の爵位を継いだ子孫たちはそのコレクションを整理した。陸上を好む鳥のためには、小さな池と芝と低木とが区分けされた一角が設けられており、飛ぶことを好む鳥を入れた鳥かごは、交差した止まり木に下げられているか、石造りの棚に置かれていた。ウズラやシャコの仲間のフランコリンは低い生垣の下に急いで潜っていき、コクジャクは気取った様子で日光浴をしていた。好戦的なエリマキシギは繁殖期が終わっていたことから、惰性でライバルと喧嘩をしていた。ベニハシガラス、オオガラス、それに鳴き声の大きなカモメは広い石庭を占領していた。派手な色のアカガシラサギと繊細な足取りのシラサギは大理石で作った池をスイレンを掻き分けながら渡っていた。空洞になった木の周りに作られた大きな鳥かごの隙間からぼんやり見える一つ二つの黒い影は夜になると活発になるフクロウに違いない。

数々の旅に出たヨービルは、羽毛溢れるこの小さな街に三、四羽の住民を提供した。鳥かごを見て回る彼は、前からいる鳥を探したり、新しく加わった鳥を観察したりした。

「ハヤブサのかごは空っぽなの」グレイマーテン夫人は他の鳥かごよりも高い位置にそびえるドーム型の大きな鉄製の鳥かごを指差して言った。「前にラナーハヤブサを放してあげたわ。他の鳥たちなら、この快適な場所と十分な餌、それから天敵のいない環境で妥協

---

＊ **ギルバート・ホワイト**　一七八九年に発表された『セルボーンの博物誌』の著者（一七二〇―一七九三）。同書は彼が住む田舎町セルボーンの自然について書いた友人宛の手紙などを元に執筆された。丹念かつ体系的に動植物を調査するその姿勢から、世界で初めての生態学者とも言われている。また『セルボーンの博物誌』は現在でも版を重ね、その出版数は英語で書かれた本では四番目に多いとされる。

してくれるわね。でも、ハヤブサが自然の広大な崖や荒野を捨てて、ここで得られる快適さで満足するとは思えないわ。きっと人は自由を失うと、囚われの生き物に同情しやすくなるのだと思うわ」

少しの間沈黙がこの場を支配した。そして、未亡人は切なげに、しかし、熱心に話を続けた。

「ミューレー、私は老婆になってしまったわ。自分の檻の中で死ぬことになるのよ。もう戦う力は残ってないの。目を背けて無かったことにしようとしても、老化というのはあまりにも現実的で、あまりにも残酷だわ。老化が意味することと、それが人間にもたらすことについてちょっと考えてみようと思ったことがあるわ。老化というのは人生の最後の瞬間までじっと庭先で待ってる忍耐強い使者のようなものだというけど、今ならそれがどんなものか分かるわ。でも、ミューレー、あなたは違う。あなたは若いのよ。戦うことができるわ。あなたは戦士になるか、既成事実《フェ・アコンプリ》の忠実な僕《しもべ》になるか、どちらなの？」

「既成事実《フェ・アコンプリ》の僕《しもべ》になど絶対になりません」ヨービルは言った。「まっぴらですよ。戦うことについてですが、まずはどんな武器を使うことができるか、そして、それをいかに効果的に使うかを知る必要があります。その機会を注意深く待たなければなりません」

「待ちすぎてはいけないわ」老女は言った。「時の利は彼らにあって私たちにはないのよ。もし若者が将来英国のために立ち上がってくれるのならば、今は若者のために戦うべきよ。新しい世代が台頭してくる中、栄華を誇った英国の記憶は薄らいでいく一方で、支配者の壮麗さは若者を惹きつけていくわ。もし私が男であなたくらい若かったら、セールスマンになってるわ」

「セールスマンに？」ヨービルは驚いて言った。

「そうよ。国中を行き来するセールスマンになるの。どの階級にも出入りして、家や店、宿屋や列車にも顔を出すわ。仕事でさまざまな場所を回りながら出会う男の子や女の子の考え方に影響を与えるの。若い父親や母親、それから、これから結婚する若い恋人たちにも同様に影響を与えるわ。敗戦するまでの私たちがどう生きていたか、そして、偉大で勇敢な英国人たちがいたことを彼らに思い出させて、それが風化しないようにするわ。それから、未来を取り戻す意欲と決心を駆り立てるのよ。そんなことをしていれば、いずれ政府に気づかれて、私は国外に追放されるでしょう。でも、その活動には何らかの収穫があるはずよ。そして、誰かがそれを引き継いでくれるわ。私があなただったらそうするわ。ミューレー、これが負け戦だったとしても戦うの。戦うのよ！」

ヨービルにはこの年老いた婦人が最後の戦いをしていることが分かっていた。やる気を失った者たちに元気を与え、気後れしているものたちを鼓舞しているのだ。

彼を駅に送る馬車が待っていることを召使いが伝えにきた。女主人は彼と玄関を出て、石造りのテラスに行った。先代のグレイマーテン夫人はウォータールーの戦い*を知らせる煌めく篝火をこのテラスから見たのだった。

ヨービルはテラスに立っている彼女に別れを告げた。彼女は弱々しく小さな影に見えた。彼女は消え入りそうであったが、しかしそれでもロンドンの客間や劇場のロビーをうろつきお喋りするつまらない男女よりも力強く、現実を直視していた。

凛然と、**しかし、孤独に
木々の中の静けさをくぐり
黄金の角笛が木霊《こだま》する
遠くまで響くように

はっきりとした理由はないが、彼女の声をもう二度と聞くことはない、ということにヨービルは気づいていた。そして、これからは彼女の「戦士たれ」との声がいつも彼の心に聞こえてくるということを確信していた。しかし、ふいに恥じ入りたくなる気持ちが込み上げてきた。それは、きっと彼女の励ましを彼は心中無視し続けるだろう、と思っていたからである。

数ヶ月にもわたり発熱がヨービルを大いに苦しめた挙句、彼に後遺症を残した。それは精神力を削ぎ、体の芯から気力を奪った。また、放浪や外国を旅したり困難な環境に身を置いたりすることへの渇望も無くなった。錯乱状態の合間に訪れる正気を取り戻していた間は憂鬱な気分に襲われた。しかし、どこか冷めた無気力と無関心に苛まれつつも、いつか再び体力と英気を取り戻し、元通りの自分になれるだろうかと考えていた。半死半生だ

* **ウォータールーの戦い**　フランス語読みでワーテルローの戦いと呼ばれる。ナポレオン率いるフランス帝国軍と英国やプロイセンを中心とする同盟国軍とがベルギー北部のウォータールーで戦い、英国側はこの戦いに勝利した。この戦いによって一八〇三年から続いたナポレオン戦争は完全に終結した。

** **凜然と……響くように**　サンズ・ウェイソン（一八六七―一九五〇）による詩集『サイモン・ディーンその他の詩』（一九一三）中の「ヴィジョン」というタイトルの詩の一節。

った彼は、まだ「半生」であることは忘れ、寂しいシベリアの墓の一角に入るか、フィンランドの共同墓地に入ることが身に迫った現実のように思えたこともあった。しかし、自身の現状をより楽観的に考えることができた時は完全に回復するようになると思うのが常だった。目は窪み、少しやつれていたとしても元通りの自分に戻れると信じることができたのだった。その自分とは、鷲が飛び回り野鳥が鳴くどこかの荒野か高地にいつでも出かけることができる、といった活発さと意志の強さと冒険心に溢れた人生を生きる姿であった。医療技術によって死を避けることや死期を伸ばすことはできても、自分の健康な部分だけを取り出して帰郷させる、といったことを死神が見過ごすはずがない、と彼は思った。

そして現状で期待できる自分の精神的・肉体的な力は少ししか残っていないことを彼は理解し始めた。外国に奪われたことから、祖国であると同時に刑務所のようになってしまった英国を、ヨービルは今さらながら心休まる理想的な国だと思うようになったのだった。社交シーズンの軽薄な真似事が行われて、薄情で自己中心的な人間たちがくだらない会話をしているロンドンは、ヨービルにとって何の魅力もなかった。しかし、イギリスの田舎の生活は彼を魔法のように魅了し、外国の荒野への憧れは心の片隅へと消えていった。イギリスの森林地帯で終わりゆく心地よい秋の日々、綺麗に刈り取られた畑の上を飛ぶ猟鳥の鳴き声、朝靄のなか馬に跨がり、霧の彼方から聞く美しい猟犬の遠吠え、そして、長い乗馬の後に浴室や寝室で疲れをとる心地よいひと時、体力と食欲が回復するまでの神の施しのような贅沢な睡眠、夕食の時間と、親しい友人だけを招いて開く賑やかなホームパーティー。

これら全ての誘いとは別にヨービルを求める呼びかけがあった。ヨービルはどちらか一方を選ばなければならなかった。そして、そのどちらに彼の心は傾いているか彼には自覚があった。

# 第十四章　午後の大きな勝利

軽い雨が涼しさと新鮮さを運んではけだるい暖かさが戻ってくる、七月末《すえ》のある日。雨に洗われては太陽が照り、繁華街では最も人の往来が多くなるロンドンは夏が最も美しい時期であるように思われた。

シシリー・ヨービルは最近人気が出てきた飲食店のアンカレージ・レストランで、間仕切りされたスペースのテーブルに着いていた。彼女の向かいにはロニーが海老のアスピックだった残骸を前にして座っていた。涼しげかつ清潔で若々しい彼は、彼女にとっては目の保養となる存在であった。しかし、どこまでも穏やかなこの青年に色仕掛けをし、それに相応しい反応を示して欲しい、と思う彼女は苛立ちを覚えていた。彼が求めに応じないことは分かっていたからだ。彼女は漆黒の瞳孔に翡翠色の虹彩を持った男が好きなだけだと自分の好みを決めていたが、彼女にも人間ならば当然持っている肉体に対する理性では抑え難い欲望が時にはあった。何が欲しくて、何を手に入れるべきかを正確に知ることは、彼女の人生における信仰であった。しかし、その信仰によって、それ以外のものを全く欲しくなくなるわけではなかった。全ての信仰において言えることは、教義を頑なに守ってはいけないということだ。もし、宗教の教義を四角四面に守れば、その人物は狂信者の集団を作ってしまう危険に直面することになるのだ。

「今日はあなたにとって輝かしい日になるわね」シシリーはアーティチョークに手をつけようか迷っているロニーに言った。「あなたよりも私の方が緊張してるかも」と彼女は付け加えた。「でも、あなたが大きな成功を収めるのは嫌なものだわ」

「どうして?」アーティチョークに手をつけるか、手をつけるならば、それにオランデールソースをかけるのと酢をかけるのではどのような違いが生まれるだろうか、といった悩みからしばし離れてロニーは聞いた。

「今のままのあなたが気に入っているの」シシリーは言った。「喜ばせたり、甘やかしたり、大好きな振りをする相手として、ただ美しい少年のあなたがいいのよ。もし、あなたに考える力があったら、あなたは私のことを嫌うか慕うかどちらかだろうし、私はそのどちらも勘弁なの。あなたは今よりもずっと上に昇るわ。そうするといろんな人たちから賞賛されて、あなたがいかに素晴らしいかと褒めてくるわ。それから、食事やドライブに誘ってきたりもするわね。ロニー、そんなことが起こり始めると、今あるたくさんのことが終わりを迎えるのよ。あなたが私のことをどうでもいいと思っていることはもちろん知っているわ。でも、世間がそのことを知れば、あなたがおもちゃとしては欠陥品だとすぐにバレてしまうわ。互いに強い愛情がないという大きな秘密によって、私たちは結び付けられているのよ。そして今夜あなたが偉大な演奏家だということを皆が知るわ。それに、素晴らしく魅力的な人に偉大な芸術家はこれまでいなかったということもね」

「僕の代わりを見つけるのは難しくないと思うよ」謙虚さらしきものを見せようとしてロニーは言った。「食べさせてもらって、喜ばせてもらって、飾り物にして欲しがる若い男はそこら中にいるからね。そんな彼らのほとんどは美形だし、見違えるように小綺麗でいい話し相手になるよ」

「正直に言えば、あなたが抜けた穴を埋める相手を見つけることはできるわ」シシリーは、軽い調子で言った。「でも、一つだけ決めていることがあるの。それは、音楽家は遠慮するということね。グランドピアノへの情熱に共感しないといけないのは本当に不満なの。あなたの次の相手は音楽家のサン＝サーンス*のことをダービーの勝ち馬か赤ワインと間違えるような楽しくて野蛮な少年がいいわ」

「そんなに急いで代わりを探さないでよ」自分の後任について真剣に話されるのを嫌ってロニーは言った。「今日の午後、あなたが言うように僕は成功しないかもしれないじゃない」

「小国の王が海外からあなたの演奏を聴きに来るのよ。そのことだけでも、ほとんどの招待客は成功だと考えるわ。それから、本物の公爵夫人も来てくれると約束してくれたわ。これは今のロンドンでは本当にすごいことなのよ」

「その公爵夫人はイギリス人?」商品標章法**を公爵の爵位にまで当てはめてロニーは尋ねた。

「イギリス人? そうよ、彼女は星条旗の元で生まれたんだけど、少なくとも身分からいえば間違いないわね。既成事実《フェ・アコンプリ》を肯定的に捉えていると見なされるこの演奏会への出席を夫の公爵が認めたとは思えないんだけど、共和国の血筋が入っているとなおさら皇帝が王のように立派な統率者に思えるんじゃないかしら。それに教会参事のマウスペース氏も来るわよ」シシリーは、名前がびっしり書かれたリストを手にして言った。「あの素晴らしいトブ伯爵夫人は最近参事の教会に行っていて、彼はとても彼女に会いたがっているの。

彼女のような人のことが彼は大好きなのよ。きっと彼はお金持ちが天国に行くのは本当に難しいことを心底痛感していて、この世にいる間、お金持ちにできるだけ親切にして帳尻を合わせておこうと思っているんじゃないかしら」

ロニーはシシリーが持っていたリストに手を伸ばした。

「他の人はほとんど知っているんじゃないの？」彼女はリストを渡しながら言った。

「ガーベルローツ中尉？」ロニーは名前を読み上げた。「誰？」

「彼はここに駐留している騎兵連隊の一つに所属している人で伯爵夫人の友人よ。乗馬でクロスカントリーをしているって聞いたわ。きっとミューレーは『パッと見て分かる人』に自分の家で会うことを毛嫌いすると思うけど、あの人がロンドンにいる限り、そのような場面に遭遇するのは仕方ないわ」

---

＊　**サン＝サーンス**　カミーユ・サン＝サーンス（一八三五―一九二一）。フランスの著名な音楽家で、一九〇一年にドイツ皇帝ヴィルヘルム二世から勲章が与えられた。

＊＊　**商品標章法**　英国製と偽る商品が英国やヨーロッパで多く売られていたことから、一八八七年にそれを禁じる法律が英国で制定された。

「ミューレーが来るのは聞いてなかったな」ロニーは言った。

「ちょっと立ち寄るだけだと思うわ」シシリーはなだめた。「いいことよ。もし彼が来なかったら、ミューレーはいつスコットランドから戻って来るの、ってジョーンが大声で尋ね回ることになってしまうわ。ジョーンはまだ誘ってないんだけど、彼女は伯爵夫人があなたの演奏を聴きにくると言ったのを偶然聞いたらしいから。もう誘う必要もなさそうね」

「トルココーヒーはどう？」アーティチョークは食べないことにしたロニーは聞いた。

「いいわよ。それにタバコもね。それから、今日の午後は忙しくなるから、平和なひと時も欲しいわね。平和といえば、ちょっと思い出したんだけど、私たちの関係でやり残した大事なことが一つあるわ。今まで言い争いをしたことがなかったわね」

「ケンカは嫌いだよ」ロニーは言った。「家にいるみたいだからね」

「あなたが家の話をするのは初めて聞いたわ」シシリーは言った。

「ケンカはほとんどの家庭でするものじゃない」ロニーは言い返した。

「あなたの前にいた子とは少なくとも週に一度は大きなケンカをしたものだわ」シシリーは感慨深く言った。「でもね、彼は怒ると眠たそうな黒い目が見事に輝くの。もし、ときどき彼を怒らせなかったら、神が彼に与えた恵みを無駄にしてしまうところだったわ」

「あなたが過去や未来のことを気ままに話すのを聞くと、僕はあなたの連載小説の一話に過ぎないみたいで悲しいよ」ロニーは抗議した。「今は前回までのあらすじを話してる感じだよ」

「茶化さないで」シシリーは言った。「私たちは今を生きていて、未来なんて今度の火曜日に開く夕食会の手配をすることくらいしか決まってないのよ。これにも公爵夫人を誘ったわ。私が王様との食事に誘わなかったら、彼女は絶対に私を許さないわ」

ロニーがピアノの前に座ると、バークシャー通りの大きな客間に集まった招待客をふいに沈黙が支配した。辺りを沈黙が覆うなか、マウスペース参事の声だけがわずかな間響いた。そして、その声は渋々ではあるが、優雅な沈黙の中に消えていった。次の十分《じっぷん》ほどの間、人で溢れるこの空間はロニーの独壇場だった。強張った細い体をしたロニーの緑色の目は突然燃えるように煌めき、滑らかで艶やかな頭は鍵盤に深く傾いた。彼の強く器用な指のもと、鍵盤からは音が堰を切ったように、しかし、乱れることなく鳴り始めた。この場にいた悩みの尽きない小国の王である方伯は、ロニーのピアノを聴いている間、議会制社会主義が蔓延しているという残念な民情を忘れることができた。トブ伯爵夫人は参事が先ほどまで話しかけていた内容、それに、彼がまだまだ話し足りず、演奏後にも話しかけてくるのが確実だということ、それに加えて三十五分程度の説教を来週の日曜日に聞くことを約束させられるのも確実だ、ということも忘れることができた。シシリーは物足りなく複雑な達成感を抱きながら演奏を聴いていた。彼女が感じてきた気持ちを喩えるならば、『がちょう番の女』*の王女を演じようと密かに思っていたのに世話をしていたがちょうが美しい白鳥になってしまったというような、喜ばしいことが起こったはずなのに素直には喜べない、複雑な気持ちだった。

　最後の曲が終わり、翡翠色の目から煌めく光が消えると、ロニーは着飾ったたくさんの人たちの中にいるただの小綺麗な青年に戻った。しかし、彼の作品への真摯な姿勢と、尊敬を込めた模倣に対して、彼の周りには割れんばかりの喝采が起こり、祝いの言葉も惜しみなく投げかけられた。

「素晴らしい才能だよ。本当に素晴らしい」マウスペース参事は声を上げた。「これは活用しないと駄目だよ。才能は意味があって人間に与えられるのだから、それを無駄遣いしてはいけないよ。君のような才能は正しく使う義務があるんだよ。義務を果たさないといけないね」

英語という言語の採石場には、参事が自身の評判のために削り出して加工できる無尽蔵の石材があるのだった。

「シュラッツェンベルクに来《ぎ》て、演奏《えんそう》してぐれ」優しい顔の方伯はドイツ訛りの英語で言った。彼については慕う者と敵対する者とで世評が真っ二つに分かれていた。「クリスマスにしてぐれ。そうだ、クリスマスがいい。共産主義者《ぎょうさんしゅぎしゃ》たちが学校《がっごう》の子供《ごども》たちにキリストの話は作り話だと言っているが、シュラッツェンベルクではまだクリスマスの祭りを開いておる。国会《ごっがい》の副議長《ふぐぎちょう》も連《つ》れてぐるぞ。あいつは共産主義《ぎょうさんしゅぎ》だが、国会《ごっがい》の外でのわしらは仲《なが》がいいんだ。あいつにも聞《ぎ》がせてやってぐれ。若《わが》ぎ友よ。そして天国《てんごぐ》に神《がみ》がいるごとを教えてやってぐれ。来《ぎ》てぐれるな。来《ぎ》てぐれるだろ?」

「美しかったわ」伯爵夫人は飾らずに言った。涙が出たわ。お願いだからすぐにピアノに戻って」

参事のすぐ近くにいたことで困っていた人たちのため、このような発言が出たのかもし

---

＊『**がちょう番の女**』グリム童話の一つ。一八一五年の初版では第二巻の三番目の話に収められている。この作品は、召使いに騙されてがちょう番の仕事をさせられた不幸な王女の話。

れない。しかし、伯爵夫人は心底うっとりしていた。彼女はいい音楽が好きだったし、それに美形の青年が本当に好きだったのだ。

ピアノに戻ったロニーは再び成功を味わえることに深い喜びを感じていた。彼が先ほどの演奏の時に感じたはずの緊張は完全に消え失せた。彼は聴衆が周りにいることをはっきり認識しながらも、まるで彼らが存在していないかのように演奏した。演奏が終わる時には、新たな喝采が割れんばかりに送られた。

「成功ね。一点の曇りもない輝かしい成功だわ」とドレイシャー公爵夫人は声を上げ、自分の妻の客に紛れて座っていたヨービルに向かって「見事じゃありません？」と語気を強めて同意を求めた。

「そうですか？」ヨービルは言った。

「そうじゃありません？」彼女は語気を荒げて言った。「完璧なまでに輝かしいものじゃありませんこと？」

「どうだか分かりませんね」ヨービルは正直に言った。「最近輝かしさというものに遭遇してないものでして」そして、彼は良心から咄嗟にこの部屋の半分くらいが聞こえるくらいの声で詩を諳んじた。

のちのローマ人たちは立ち上がる*
兵士としての名誉には関心を持たず
戦闘ではなく音楽によって名声を得んとして
音楽こそが出世の手段なのだ

この広い部屋のヨービルがいた半分側では驚きのあまり身震いするような静けさに包まれた。

「地獄だ！」

若い男の強い声が響いた。

---

＊　**のちのローマ人たちは……出世の手段なのだ**　ウィリアム・クーパー（一七三一―一八〇〇）が一七八一年に発表した詩「ブーディカ」の一節。ここは、西暦六〇年頃にローマによるイギリスの侵攻時に軍を率いて抵抗した女王ブーディカが、ドルイド教の僧侶から「ローマがいずれ没落する」との予言を聞くという内容である。

「地獄だ！　ここは地獄の中でも最低の場所だ！　俺は本当のことを言ってるんだぞ！」
この乱暴な言葉が誰から出たものか見ようとヨービルを含めて十人くらいの人が振り向いた。

そこにはトニー・ルートンがいた。怒りで険しい目つきをし、その瞼の奥から微かに見える目は燃えているかのようだった。彼は分別をすでに失っていた。また、司祭や牧師が言うところの魂についてはほとんど失っていた。しかし、彼の中には眠れる悪しき神がいて、ヨービルの嘲りの言葉はその眠りを覚ましたのだった。トニーにとって人生はかなりつらいものだった。その人生において善悪の区別、大きな努力や固い決意といったものは誰からも学ばなかった。それでも彼の中には素晴らしいものがあった。それは通りでゴミあさりをする男がサラマンカの塹壕*で勇敢な死を遂げるのに役立ったものであり、一握りの見習い小僧**たちがアイルランド、ロンドンデリーの城門を閉ざし、野営する軍と籠城したことによる飢えに毅然と立ち向かわせたものでもある。そして、この名も無き素晴らしいものは、部屋の反対側で褒めちぎられて、成功の甘い蜜を味わっている若い音楽家には欠けていたものだった。

ルートンはこの会の主催者に挨拶もせず、招待客を押しのけて出て行った。

「変な若者ね」公爵夫人は声を上げた。「隣の部屋に案内してくれる?」彼女はほとんど間髪入れずに言った。「アイスコーヒーが飲みたくて仕方ないの」

ヨービルは彼女を連れてロニーの信奉者たちの群れをくぐり抜け、望み通りアイスコーヒーを提供する休憩所に案内した。

「なんて素晴らしいの!」メンティース゠メンドルソーンはトランペットが響くような声を高らかに上げて言った。「彼がピアノを弾けるのは知っていたわ。でも、これはただピアノを弾くというレベルじゃないわ。最高レベルよ。魔法みたいだわ。ヨービル夫人は音楽界に新しい才能をもたらしてくれたわ。今日の私は新たに発見した海を見つめる詩の中のエルナン・コルテス***のような気持ちよ」

＊　**サラマンカの塹壕**　一八一二年のサラマンカの戦い。この戦いではナポレオン戦争中、アーサー・ウエルズリー率いる英国軍がフランス軍を破った。

＊＊　**一握りの見習い小僧**　一六八八年にアイルランドのロンドンデリーにジャコバイトの軍が迫っていたことから、十三人の少年たちが町の門を封鎖して軍の侵入を防いだ。彼らの勇気と行動力をたたえたデリー徒弟少年団というプロテスタントの団体が一八一七年設立され、現在も活動している。

＊＊＊　**エルナン・コルテス**　ジョン・キーツ(一七九五―一八二一)が一八一六年に発表した詩(〳〵

「ダリエンの頂《いただき》に訪れる静寂**」とキーツの詩を引用するジョーン・マードルのもの以外には有り得ない甲高い声が響いた。「ねえ、頂の上でも、どんな場所でもいいからメンティース＝メンドルソーン夫人に静寂が訪れる様子を想像できる人はいる？」

そのような場面を想像できる者はいたかもしれないが、誰も名乗り出ることはなかった。

「素晴らしい才能には大きな責任があります」マウスペース参事は伯爵夫人に確固たる調子で言った。「崇高なメロディーを奏でる力は考えを呼び起こす力と似ています。聖職者が眠れる意識に訴えかけることができるように、音楽家もそれと同じことができるのです。この才能には責任が伴うのです。善いことにも悪いことにも使えるのですから。ここにいる若者は、この才能を善いことのために使ってくれるはずです。彼には責任感があると私は確信しています」

「彼はいい子ですわ」伯爵夫人は率直に言った。「彼は可愛らしい髪をしているんですもの」

一つの窓のそばではラプソディック・パントリルがわずかな聴衆に向けて半音階の和音について半端な知識を華麗に披露していた。彼女はこの知識において彼らより有利な立場にいたし、また、彼らがこの話を全く理解していないということでも有利な立場に立っていた。「彼の演奏には終始マラカイトグリーンの音調が込められていたわ」彼女は不用心に断言した。間髪入れずに矛盾したことを語ってもそれを指摘される恐れがなかったのだ。

「マラカイトグリーンは私の色よ。戦いの色よ」

さりげない巧みな売名行為ができたことに満足した作家としての彼女は、彼女の女としての自分、オーガスタ・スミスが軽食を求めていることに気づいた。彼女を心底尊敬している内の一人を連れて桃とアイスコーヒーが確実に置かれている休憩所に向かった。

休憩所として使われた部屋は結構な広さで、広い客間を補完するようなものであった。この場所では、口いっぱいにフルーツサラダを頬張り、カクテルを一飲みする合間であれば、ロニーの素晴らしい演奏についていい議論ができると考える人たちで溢れかえってい

（＊）「チャップマン訳のホメロスを読んで」からの引用。この詩では、イベリア半島に生まれ、アステカ帝国を征服した人物であるエルナン・コルテス（一四八五―一五四七）がダリエンの頂《いただき》から太平洋を見渡すイメージが用いられている。

＊＊ **ダリエンの頂に訪れる静寂**　これもジョン・キーツの詩「チャップマン訳のホメロスを読んで」からの引用。コルテスがダリエンに行き、その頂から海を眺めたという記録はなく、あくまでキーツの想像によるものである。

た。人の栄光というのは早く過ぎるもので、二、三人の人たちは今日の中心になるべき話題からすでに離れ、個人的に関心のあることを話し始めていた。

「冷たいクワの実のサラダっていいわね。この家の名物だって聞いたわ。噂だと旅行好きのご主人がアストラハンだかセビリアだか、どこか風変わりな場所から持ち帰ったレシピらしいわよ」

「うちの夫も少しくらい旅行に出かけて美味しくて珍しい料理を持ち帰ってきてくれないかしら。そんなことは無理ね。あの人ったら喘息持ちで、庭には小石を敷かないといけないとか、南向きの部屋でなければならないとか、他にもたくさんの制約付きなの」

「あなたが可哀想だなんて全然思わないわ。喘息持ちの夫なんて紐付きのゴルフボールみたいなものじゃないの。あなたが必要な時にはいつでも捕まえられるんだから」

「カーテンは全部パルマスミレの色。家具は全部ローズウッド。モーツァルト以外の曲は流しません。モーツァルトだけ。幾人かの友人からウィーンのモーツァルト像のレプリカを部屋の角に置いていつも花が絶えないようにして欲しいとお願いされましたが断りました。どうしても無理でした。あの像は見飽きました。どこにでもあるじゃないですか。飽きやすいんです。お分かりですか？　私はそんな人間です」

「やったわ。時の人、ロニー・ストアーと一緒に過ごすの。本当よ。そうなの。八月の第三週に私たちとヨットで旅行に出かけるの。遠くのフューメまで行くわ。フューメってアドリア海にあった？　それともエーゲ海？　きっと楽しくなるわ。いえいえ、ヨービル夫人は誘わないわ。ヨットはすごく小さいの。それに少人数で行くって決めてるの」

ロニーがクリスマスに訪問する日程をすでに決めた方伯を連れて、トブ伯爵夫人は帰ろうとした。

「面白ぐないと思うぞ」方伯は訪問予定の彼に忠告した。「名士たちは揃わないがらな。熊《ぐま》のいない熊牧場《ぐまぼぐじょう》に意味なんてないだろ？　でも、うちの森には野生の猪がいるぞ。狩猟を一緒にでぎるな」

ロニーはすぐに狩猟にぴったりの服を着て、チロリアンハットを最も見栄えの良い角度で被っている自分の姿を想像した。しかし、猪狩りについてそれ以上のことは何も知らなかった。

トブ伯爵夫人が帰ろうとしていると、マウスペース参事は穏やかながらも執拗に彼女がいる部屋の角に近づいてきた。彼は変わらぬ朗々とした調子でロニーの演奏とクワの実のサラダを代わる代わる褒めた。この場にいたジョーン・マードルは誰のことも素直に褒めたりはしなかったが、語らずとも、その食べる姿はこのサラダの美味しさを物語っていた。「私たちはちょうどロニー・ストアーの演奏について話していたんですよ」伯爵夫人は参事に言った。「あれは本当に美しかったと思いますわ」

「素晴らしい才能ですわね。参事」ジョーンははっきりと言った。「それに、才能は責任でもありますよね？　演説と同じように音楽も影響力がありますわ。そう思いません？」

英語という言語の石材はもちろん公共の資源である。しかし、文章を作り上げるために自分で積み込んだ手押し車一杯の石材が目の前で運び去られれば当惑するものだ。そして、ロニーの才能とその可能性について堂々と演説した参事の威厳は早々と弱まり、彼は「その通り、その通り」と弱々しく彼女の言葉を追認したのだった。

「参事、クワの実のサラダはお食べになりました？」伯爵夫人は尋ねた。「素晴らしく美味しいサラダですわ。なくなってしまう前に取っていらしたらどうですか？」

伯爵夫人は急いでシシリーがいる部屋の反対側へと向かった。彼女はシシリーにこれまでの礼を言い、今度の火曜日の件についても強い感謝の気持ちを伝えた。

招待客たちは不快なほどにゆったりと居残っていたが、やがて全員が帰った。彼らがなかなか出て行かなかったのには、シシリーが用意させたビュッフェにその一因があったのだろう。人間の波が引いたことで、この広い客間はより広く、そして重苦しくなったように思えた。そして、このパーティーの主催者は安堵して小さな自分の書斎へ、そして喫煙がもたらす落ち着きの中へと退避した。彼女は自分を哀れんでいた。というのは、この成功は彼女が昼食時に予言した通りだったからだ。彼女の大切なオニキスはその台座から取り去られたわけではなかったが、台座そのものは他の神殿に送られるためにすでに梱包されたように思えた。ロニーはピアノで音を生み出せるという理由だけで、これから五十人は下らない人々から褒められて甘やかされるだろう。そんな彼に対してこれまでのように甘い態度で接する気をシシリーはなくしていたのだ。そしてロニーはシシリーとの関係が終わることに反対はしないだろう。無関心から生じる潔さ、という完璧な態度でもって彼は異議を唱えないだろう。彼はすでにシシリー抜きで今後数ヶ月の予定を組んでいる。二人はそれぞれ別の道を歩んで行くのだ。彼は知的で楽しい相手だった。そして、彼は彼女が望む通りに演じ、それに飽きることがあるなどとは二人とも考えられなかった。「楽しい時間を一緒に過ごしましょう」というのが明文化こそされていなかったが、これは二人の間で交わされた唯一の約束事であり、実際に二人は楽しんだ。どちらも物質的な幸福を一心に追求することに今後も変わりはない。しかし、二人は今後、別の仲間とそれを求めることになる。それだけである。その通り、それだけなのだ。

タバコの鎮静効果が思ったよりも弱い、とシシリーは思った。別の銘柄にしないといけないのかもしれない。それから十日ほど過ぎてヨービルは新聞であることを知った。それは、流行曲『エクレストン広場』を最初に歌った歌手のトニー・ルートン氏はキャラバンサリー劇場のアイザック・グロスベナー氏とレオン・ヘブハート氏が好条件を提示したにもかかわらず契約の更新を断り、カナダ海兵隊の音楽隊と契約を結んだということであった。

この七月の午後に起きた浮かれ騒ぎの中にも、一筋の希望の光が差していたのかもしれない。

# 第十五章　巧みな商売人

ヨービルが頻繁に通っていたロンドンの二つのクラブは英国の敗戦以降、その門を閉じてしまった。そのうち一つの建物は跡形もなく地上から姿を消し、家具や調度品は買い取られ、書類はどこかの弁護士事務所に眠っていた。もう一つのクラブはデリーに移転し、そこに初期ジョージ王朝時代の家具とその時代から続く伝統を持ち込んだ。熱帯のアジアの街が許す限りの範囲でロンドンのセント・ジェームズ通りの雰囲気を再現しようとしていたのだった。また、ヨービルが前回の旅行に出発する前にできたカートウィールという名前の新しいクラブがあった。このクラブに投資をしていた友人の勧めで彼は入会し、そのまま旅行に行ったので会費は彼の資産を預かっていた銀行が支払っていた。一度もその中には足を踏み入れたことはなかったが、そのクラブでは敗戦前の威厳のあった時代をまだ味わえるかもしれなかった。それでヨービルは冒険心から大胆に未踏の地に踏み込み、未知の状況に挑戦するかのごとき気持ちでその入り口に向かった。

　ヨービルは自分が会員であるということが門番に分からないかもしれないと思いながら、先ほど抱いたものとは違った冒険心で玄関へ進んだ。すると、目の前に現れたのは、ラージャ*が数頭の象を引き連れてもほとんど問題なく内部のホールへと進めるほどの広い入り口だった。この光景というのは、ケルンの鉄道駅とホテル・ブリストル、それから喜劇ミュージカルの第二幕にありがちな場面を混ぜ合わせたようなものだった。前庭では二十人ほどの見栄えの良いポマードを付けたボーイがこの場所を華やかに彩っていた一方で、各々が所属する氏族特有のタータン柄のベストを着たヘブライ人風の男たちがテープレコーダーと電話ボックスの間をせわしなくうろついていた。この快適な建物で占領軍が幅を利かせているのは明らかだった。水色や藍色、深緑の軍服が万華鏡のような模様を描いていて、その彼らが近づくとラウンジや娯楽室、廊下にいた市民たちはいそいそとその場から離れた。このクラブの会員でいても面白くはなさそうだ、とヨービルは早々に判断を下した。この建物とそこを占める人間をざっと観察してから彼は出て行こうとしたが、入念に身なりを整えた若い男に呼び止められた。かつてヨービルは共通の友人の家で彼と会ったことを思い出した。

ヒューバート・ハールトンが二十一歳の時、彼の両親は彼を自動車関連の仕事に就かせた。この両親は彼に出来るだけのことはしてやったが、彼は手に負えなかった。また、彼自身でもどう生きていけばいいか分からなかった。勤め先の会社は悪知恵を働く彼を辞めさせることにした。賢く機転の利く親類や友人たちは出版業、舞台、資本のいらないトマト栽培など、すぐに始められる職業を彼に選択肢として提示した。彼はそれらの提案に対して失礼さを見せることなく聞き流したが、ロンドンの地下室でマッシュルームを育てて年収二百ポンドから千ポンドを安定して稼ぐ方法を実演してみせた親戚に対してのみ苛立ちを見せた。彼の両親は彼がまだ自分の進路を定めないうちに亡くなり、慎重に投資した年三十七ポンドの配当収入を彼に残した。ここまでがヨービルの知る彼の歩みだった。ヨービルはその後シベリアに行ったのでそれからヒューバートがどのような人生の浮き沈みを経てきたかは知らなかった。

この若者はヨービルにこれ見よがしな友好的態度で挨拶した。

---

＊　**ラージャ**　大英帝国時代のインドで藩王と呼ばれていた人のこと。この時代のインドでは大小数百もの藩王国があり、そこでは制限された統治権を持ったラージャが君臨していた。

「あなたがここの会員だったなんて知りませんでしたよ」彼は声を上げて言った。

「このクラブに来たのは初めてなんだ」ヨービルは言った。「初めてだけど、これで最後にしたいね。軍人たちが目に余るほど多いんだよ。敗戦したことをしつこく思い出させるものが視界に入るのは不快なんだ」

「英国的でないものは取り除こうと努力はしたんですよ」とハールトンは申し訳なさそうに言った。「でも、そのような方針を取り続ければ経営が成り立たなかったことでしょう。元々いた会員の三分の二以上を失ったから、新しい会員を獲得しなければいけなかったんです。実をいえば、我々には決定権もありませんでした。新しい組織がこのクラブを牛耳るようになって、たくさんの外国人を含む理事会が設置されたんです。あの軍人たちがこの場所のいたるところを闊歩するのはゾッとしますが、どうしようもないんです」

ヨービルはいくらでも反論できると言わんばかりの様子で黙っていた。

「こんな状況なのに私がどうしてまだこのクラブの会員でいるのか不思議に思うでしょう」ハールトンは言葉を続けた。「私にとっては、このような場所が必要なのです。本当のことを言えば、これが私の仕事で、唯一の収入源なのです」

「そんなにトランプが上手なのか?」ヨービルは尋ねた。「私もカードには自信があるんだが、ギャンブルの金で長いこと暮らさないといけないのは可哀想だな」

「カードはやりませんよ」ハールトンは答えた。「少額の賭けならやることはありますけど。まあ、勝っても負けても、その総額は年に十ポンド以内ですよ。実は手数料収入で暮らしているんです。売り手に買い手を紹介するんですよ」

「何の売り手？」

「何でもいいんです。言ってしまえば全部です。馬、ヨット、船、食器、銃、鶏の飼育場、週末の別荘、自動車など、思いつくもの全部です。見てください」そう言うと彼は胸ポケットから「取引」とかすれた文字で書かれた分厚いノートを取り出した。

「これです」ノートを指でトントンと叩きながら彼は説明した。「ここに客になりそうな人は全員複式のリストにしています。それぞれの名前には、その人が売りに出しそうな物と買いそうな物を記しているんです。誰かが売りに出したい物があれば、欲しがりそうな物のリストを参照して買い手の目星を付ける、というやり方なんです。私はノートに入っている人たちが欲しいと知っている物に限ってリストを作るわけではありません。私が綿密に立てた理論に沿って彼らが欲しがる物を予測するのです。私はノートに書いてある人や物を記憶しています。もし機会があれば、買い手になりそうな人に、ちょうど良いタイミングで欲しがりそうな物の話をするのです。そして何度となくそれを売る話を持ちかけます。例えば、たまたま知り合った印刷機の収集をしている男に二、三の機械があることをそれとなく話します。彼は使い道のない金がたくさんあるんです。初めて私から購入して以来、彼はたくさんの古い印刷機を揃えました。彼のコレクションのほとんどは私を通じて買い揃えたものです。もちろん、購入するたびに手数料を頂きましたよ。無くてはならない、とまでは言いませんが、このような会員数の多いクラブは私にとっては有難い存在なんですよ。さまざまな人が入り混じっていて、混沌としている方が商売がしやすいんですよ」

「もちろんそうだろう」ヨービルは言った。「実際のところ、君の客にはたくさんの征服者たちも含まれているんだろうね」

「まあ、お金を持っているといえば彼らですからね」ハールトンは言った。「侵攻したドイツ人たちが裕福な人間ばかりだとは言いませんが、彼らはここにいる間、英国人にだけ課せられたひどい重税を免れることができます。彼らは軍人として祖国に仕え、私たちは本来支払うべき税金に加え、駐屯軍や軍艦の費用、そして、その他諸々の費用を工面することでドイツに仕えているわけです。ドイツ人は武器を担ぎ、我々はそれ以外の全てを担がなければならないのです。このことが英国の大都市を徐々にドイツ化するのに最も貢献しているのです。ここにいるドイツ人は税金が安く、重税に喘いでいる英国人よりも購買力がずっとあるので、パブやバー、レストランといった娯楽を提供する店は、より売り上げになるドイツ人たちを贔屓にするようになっていきます。海外に流出する英国人の数は少なくなっていくどころか今後も増えていく一方、ドイツ民族の英国への移住者は同様に増えていきます。あの兵役に関する法律は古狐のクワル卿のずる賢い企てでしょう。民間出身の政治家である彼は、あのビスマルクよりもはるかに頭が切れるのです。喩えるならば、ビスマルクだったらスレッジハンマーで英国を叩き潰そうとしたところを、クワル卿は英国を羽毛のベッドで窒息させるのです」

「君のノートには私の名前も大事な顧客として載ってる？」会話を個人的な話に戻そうとして尋ねた。

「もちろんです」ハールトンは答えた。小型のノートをめくり「Y」のページを開いた。

「あなたが帰国したことを聞いてすぐにいくつかの項目を加えましたよ。まず初めにあなたがシベリア旅行に関する本と博物学についての見識をまとめたものを出版したいのではと思い、そのような本を欲しがる出版社の人物をリストから参照しました」

「そういう気持ちはないことをこの場で断っておこう」ヨービルは感心しながら言った。

「それはよかった」ハールトンはノートに何かの記号を書きながら嬉しそうに言った。

「このような仲介役は儲けが少なくてあまりやりたくないんです。それに、著者と出版社を引き合わせても、彼らの感謝の気持ちはたいていすぐになくなってしまいます。あなたに関する項目で重要なものは別の物です。もしイングランドで冬を過ごすのでしたら、猟馬を一頭か二頭探すことになるだろうと思いました。よくイースト・ウェセックスで狩りをしてましたよね。あの土地にはもってこいの馬があなたのことを待ってますよ。私自身も乗って柵を超えてみました。私たちは同じくらいの体重ですよね。とても美しく正確に飛びますよ。あの馬に関しては値段交渉はできないでしょうね。でも、私はあなたの名前の後ろにD・Oと書いてます」

「一体全体」こう言いながらヨービルは隠さず微笑んでいた。「興味が湧きすぎて死にそうだよ。D・Oってなんの略なんだ？」

「D・Oというのは『D・O《ドント・オブジェクト》』の略で、その人にとって本当に良いものであれば、高額な支払いでも『異議を唱えない』ということです。なかには、市場価格だろうと思う値の三分の一位にならなければ購入の検討を全くしない人たちも当然いるので、こういった記号が必要なのです。あなたについては、また別の項目も設けてます。これはあなたが英国に住まないと決めた場合です。英国の現状に辟易して移住を決意するかもしれません。そうなった場合にはあなたが移住先に持っていかない物を大量に売りに出すだろうと思いました。これには、項目を一つ設けて、多くの予想できる買い手のリストも付けています」

「なんというか、大変な手間だっただろうね」ヨービルは皮肉っぽく言った。

「そんなことないですよ」ハールトンは言った。「でも、もしあなたがこの冬の間だけでも英国に留まって、そして、猟馬を欲しがることに間違いがなければ、この仕事はとても簡単になるんですけどね。今度の水曜日に一緒にお昼を食べませんか？　その後で一緒に馬を見に行きましょう。列車でたった三十五分なんです。もし自動車で行けばそれ以上かかりますけど。チャリング・クロス駅から出発する二時五十三分の列車に乗ればゆっくりできますよ」

「今度の狩猟シーズンにイースト・ウェセックスで狩りをすることを勧めるなら」ヨービルは言った。「その辺りの便利な山小屋も見つけないといけないよ」

「もう見つけましたよ」そう言ってハールトンは万年筆《ステログラフ》をさっと取り出してカードに急いで「下見」と書き記した。「これほど便利な物件はないですよ。立派な馬小屋があって、水も豊富です。広い浴室もありますし、獲物の解体小屋、貯蔵室、それにパンを焼きたければ、その設備もあります」

「土地付き?」

「管理が面倒にならないくらいの広さの土地が付いてきますよ。一、二エーカーの小牧地とそれと同じくらいの庭です。あなたは野生の生き物が好きですよね。庭の隣には森があって、その森にはフクロウやノスリ、チョウゲンボウが住んでますよ」

「そんな詳細なことまでノートに書いてるのか?」ヨービルは聞いた。「森に隣接した土地にO・B・K*、っていう感じか?」

「細かいことは頭に入ってるんですよ」ハールトンは言った。「記憶力は確かです」

「もしノスリがいなかったら大幅な値引きを求めるよ」ヨービルは言った。「君がノスリのことを言うから、これがいい山小屋の必須条件だと思えてきたよ。あっ!」太った中年男が自分は重要人物だと言いたいのを押し殺したような様子で玄関ホールを横切るのを見て、ヨービルは声を上げた。「陽気なピザビーじゃないか。君のノートにはあの男のことが書いてあるのか?」

「あの男ですね」ハールトンは興奮した様子で声を上げた。「あの陽気なピザビーは近々男爵か子爵になるとのもっぱらの噂ですよ。彼は人生のほとんどを都会で気楽に過ごしてきました。時々は、リゾート地の散歩道や田舎の庭園にある砂利道にも足を伸ばしていたようです。ところが爵位に列せられるということで、彼は貴族らしい義務感に駆られています。そういうわけで、欲しい物の新たなリストが彼の心の中に湧いて出てきたのです。郷士としてなら醜聞を掻き立てられることなく済んだことでも、男爵ともなれば、人々の注目を強く浴びるのでそうはいきません。銃での狩猟は彼が義務と考えるものの一つです。ピザビーは今までヤマウズラさえ実際に仕留めたことはないのですが、彼は私に鹿のいる森を借りられるよう手配して欲しいと依頼してきました。それとヘレフォード種の牛を「自宅の農場」用に、二十羽ほどの白鳥を繁殖池に手配するようにも頼まれました。白鳥といえば、これは私が吹き込んだ考えなんです。売り物の白鳥の在庫が大量に余っている男がいたので、ある時、ピザビーに聞こえるように、白鳥がある家は男爵としての風格があると言ったんです。彼は白鳥だけでなくサギの養育場も欲しいと言ってます。サギが余

＊　O・B・K　それぞれ owls（フクロウ）、buzzards（ノスリ）、kestrels（チョウゲンボウ）のイニシャル。いずれも猛禽類。

って困っている私の顧客と彼を引き合わせることにしました。もちろん彼の土地でサギが巣作りをできるということまでは保証できません。それから、今は彼の鯉の池用に結構な年の鯉を用意しているところです。彼の妻が美しい手で鯉に餌をあげているところが記者にでも見られたら、とても評判がいいだろうと思ったんです。それで彼にも同じことを吹き込みました」

「貴族として認められるのにそんなにたくさんの物が必要だとは思いもよらなかったよ」ヨービルは言った。「これだけ念入りに準備したんだから、もし爵位の授与がされずにピザビーが訴えたとしても、彼に寄与過失*はないだろうね」

「水曜日の一時にここで会って、昼食後に馬を見に行く、ということでよかったですか?」ハールトンは話を商売に戻して言った。

ヨービルは一瞬ためらったが頷いた。

「馬を見に行くだけなら問題ないよ」彼は言った。

* **寄与過失** 損害を受けた側にその損害が発生したことの過失があるかどうかを問うもので、過失が認められなければ、その被害者は賠償を訴える正当性が認められる。

# 第十六章　朝日

高く盛り上がった褐色の丘の中腹には、チーク材で出来たなだらかな屋根の家が建っていた。この家のベランダでは、これまた小さなチーク材でできたテーブルに向かって座るケリック夫人がいた。彼女の一番下の子供は凜とした様子の九歳の女の子で、その子は礼儀正しく黙っていた。目立たず、そして、注意深く、客人に不足するものがないよう気を配っていた。それと同時に、テーブルクロスを餌場だと頑なに信じる、どこからともなく侵入してくる蟻に対しても時折注意を向けていた。ここで英国的かつアジア的な歓待を受けている旅人はフランス人の博物学者で、彼がはるばるやってきたのは、鳥類を集めているバルカン半島の王様のコレクションに加えるため、珍しい鳥を求めていたからだった。前日の夜、地元の人が営む宿泊所の粗末な部屋について、肩をすくめながら苦情を言っていた彼は、丘の中腹の家に滞在できるとの申し出を受けて大喜びしたのだった。そこには、優しい声の持ち主の女主人がいて美味しいワインもある。さらに、三人の日焼けしたイギリス人の子供がこの土地の鳥の生態について、深い実知識を彼にたくさん与えてくれるというのだった。茶色に焼けた丘から朝日がまだ顔を出す前の早い時間、彼は朝食をとりながら、偶然立ち寄ったこの小さな集落について家主から話を聞いていた。「私は以前もここで暮らしたことがあるんですよ」女主人は言った。「まだ夫が生きていた頃、ここへ転勤になったんです。ここは安全な丘陵地で前に住んでいた時のことはいい思い出です。それで、英国から移住しないといけなくなって、まあ、移住した方がよくなって、と言った方がいいかもしれませんが、新しい家を探していた時に子供たちを連れてここに来ようと思ったんです。一番上の娘はパリの学校にいます。ここは労働力が安いので、私は小さな農園を始めたんです。もちろんイギリスの田舎の農園で酪農や養鶏場の管理をするのとは全く違います。害虫や鳥害などによる被害はイギリスでは小規模なのが普通ですが、ここでは大規模ですし、干ばつや集中豪雨など熱帯特有の災害もあります。それにここの家畜は私が今まで慣れていたものとは恐ろしいほどに違うんですよ。ここのコブウシはコブなしの牛とは全く性格が違いますし、山羊もガチョウも鶏もヨーロッパのものとは似ても似つかないんです。それに、もちろん農園で使っている使用人たちもイギリスの同じ階級の人たちとは全然違います。畜産や農耕についての今までの知識はあまり役に立たず、この人たちのやり方を学ばなければならなかったんです。彼らのやり方は原始的で、生産的ではありませんが、それでも蓄積された経験に基づいてます。改良の余地はあるはずですが、軽はずみに変えてはならないでしょう」

太陽が焼き付ける茶色の丘、その手前に走る人気《ひとけ》の無い乾燥した数本の未舗装路、そして、この風景に丸みをもたせる延々と連なる丘をこのフランス人は見渡した。また、目を家に向け、ベランダの壁にはトカゲ、水を冷やしておく壺、無数の小さな虫によって家具に開けられた穴の数々、熱帯の気候によってこの女主人の美しい顔に刻まれた皺なども観察した。こうして旅を続けていたが、彼もフランス人の例に漏れず、強い帰巣本能があった。彼はこの夫人がコブウシの性格や土着の使用人のやり方を穏やかに話すのに聞き入り、彼女はイギリスにいた時、地元の社交界は快活で人気があったに違いないと思った。

「それで、子供たちは今の生活を気に入ってますか？」彼は尋ねた。

「丘に囲まれたここでの生活は健康そのものですよ」この風景を見渡しながら母親は答えた。心の中では別の風景を思い描いているに違いないと彼は思った。「子供たちは外で遊べますし、たくさん好きなことができるんです。子供たちは自分用のポニーがあるんですよ。それに丘の上の方には湖があって、そこは泳いだりボートを漕いだりするのにいい場所なんです。ちょうどあの子たちはその池で朝の水泳をしてますよ。あの湖の一番奥には葦原があって、そこは野鳥を撃つのにいい場所なんですよ。十六歳の一番上の子には銃を持つことを許しています。あの子がそこで出会うカモやチドリの多くがイギリスの原野《ムーア》や川によくいる種なんです。きっと、あの子が狩りを好きなのは、そういう理由もあるんだと思います」

異国で生活していることへの切なさ、ことは異なる空への切望、撃ち殺された鳥の羽が荒波や焼け付く大地を超えて届けた祖国の香り、これらのことを彼は彼女から初めて感じ取った。

「子供たちの教育についてはどうしているんですか?」客人は尋ねた。

「若い家庭教師が向こうの辺境に住んでいるんですよ」ケリック夫人は答えた。「彼はスコットランドの私立学校で教頭をしていたんです。でも、国内であのことが起きてしまったから、たくさんの生徒たちが国を出ました。それで彼も仕事を失ってしまったんです。彼はここから八マイル離れた所に住むおじを頼って来ました。週に三回馬でここに教えに来て、三回は反対の方角にあるお宅に教えに行ってます。今日は彼が来る日ですね。あの子たちが教育を受ける機会を得るのに本当に役に立ってますわ。もちろん彼の方ではこれが生活費の助けになっているわけです」

「ここの社交の場はどうです?」フランス人は尋ねた。

女主人は笑った。

「社交場なんて、すごく倍率の高い双眼鏡で探さないといけませんわね」彼女は言った。「ブリッジのうまい人を四人集めるのは、イングランドにある私の地元でテニスの大会や会員制のダンスパーティーを開催するくらい難しいんですよ。小規模なものであっても、社交の場を開くためには、距離に関することや、それに伴う疲労を気にしてはいけないのです。数人の役人が私たちの社交グループで中心的な役割を担っているんですが、彼らの力でも数人を一ヶ所に集めるのに苦労しています。道が通行止めになっていたり、ポニーが足を悪くしていたり、仕事に疲れて来られなかったり、熱病にかかって寝込んでいたりと人を集めるのは大変なんです。私の娘の誕生日会をここで開いた時には、あの子のたった一人の招待客の女の子が十二マイルも離れたところからやって来たんですよ。その夜に森林の管理人が偶然立ち寄ったことで私たちはとてもパーティーらしいものになったと思ったくらいですよ」

このフランス人は目をみはった。パリ育ちの彼にとって、彼の知るバルカン諸島の国の首都こそが最も不便な街だと思っていたが、少なくともショーが観られる飲食店であるカフェ・シャンタンがあったし、テニス、ピクニックパーティーなどの娯楽もあった。また、時々は演劇やサーカスの一座もやって来たし、王室や外交官が開くパーティーはどちらかといえば社交的なものだった。しかし、ここでは一夜の娯楽のために一日かけて移動したり、疲れた役人が偶然来たことでパーティーの様相が変わったりする。彼はもう一度うねった茶色の丘を見渡した。あの丘については、この隔離された小さな世界の背景くらいにしか思っていなかったが、今ではこの地域の中心なのだと思えた。そして、彼は視線を、輝く穏やかな瞳と笑みを口元にたたえた女主人の顔へ再び戻した。

「それでもあなたはここで子供たちと」彼は言った。「この荒野に住み続けるのですか？あなたはこのためにイングランドを出て、全てを置いてきたのですか？」

女主人は立ち上がりベランダの奥に彼を招いた。二人がいる場所から果物の木々や花を咲かせた低木、薄紅色の薔薇の茂みのある庭が広がっていた。生気あふれる熱帯植物の間には、より穏やかな気候の土地から持ち込まれたと分かる枯れた植物が点在していた。入念に手入れされていたようだったが、移植は失敗だった。茂みや木々、低木は遠くの小さな丘にまで広がっていて、その広がりは不毛の丘の中で終わっていた。

「ここから見える庭全体で」イギリス人の女は言った。「神聖な一本の木があるんですよ」

「木、ですか？」フランス人の男は言った。

「イギリスでは育たない木なんですよ」

　このフランス人の男は彼女の視線を追って一本の木を見つけた。それは小さな丘の頂上にある枝のない一本の高い木だった。ちょうどその時、この丘の上に太陽が昇り、濃い橙色の光でそこを照らした。この茶色の風景を朝の光が魔法のように照らした。そして、この太陽の到来とタイミングを合わせたかのように、まっすぐな枝のない木の下から茶色く日焼けをした三人の男の子が現れた。紐が揺れ、何かが素早く上がった。そして、丘を吹き抜ける風にはためいていた。それは青地に赤と白の十字模様が描かれた旗だった。三人の男の子は帽子を脱ぎ、ベランダの階段にいる女の子は厳粛な様子でその方向を見ていた。遠くの丘のふもとから若い男が未舗装路を馬で駆けてきた。旗が見える道路の一角に来たところで彼は帽子を脱いで敬礼した。

「これが私たちがここに住む理由なんです」このイギリス人の女は静かに言った。

# 第十七章　今シーズンで一番のイベント

コーク通りにある新しく建てられたトルコ風浴場の第一サウナ室には裸でじっとりと汗をかき堂々と寝っ転がる四、五人の客がいた。彼らはタバコを吸ったり、時々はその辺にある新聞を読むふりをしたりしていた。ガラスの壁と扉がその奥のさらに熱いサウナ室と彼らの部屋とを遮っていた。また、ここから見える別のガラスの壁で仕切られた薄暗い部屋にいた他の客らはアジア人風の接客係から叩かれたり揉まれたり水で洗い流されたりと、それぞれマッサージコースの最中だった。ガラスのドア越しに漏れてくる蛇口から飛び散ったり、ポタポタと流れる水の音、濡れた床の上を歩くサンダルの音、抑えた会話の声は、この場所にふさわしい気だるさを添えていた。

この部屋に新しい客がふらっと入ってきて、その中の一人に笑顔を向けた。そして、キャンバス地の長椅子に仰々しくゆったりと座った。コーネリアン・ヴァルピーは若くハンサムな男だったが、どこか驚いたような表情が顔に張り付いており、また、その顎は顔の他の部分と競うことをやめたかのようにだらりと下がっていた。彼は友人か知人を見つけて笑顔を見せたのだったが、その笑顔はしだいに間抜けな作り笑いとなっていた。

「何か用でも？」隣の男は気だるそうに言いながら、タバコをボウルの水で消すと、横のテーブルの上にあった銀のケースからもう一本取り出した。

「用？」大きな両目を見開いてコーネリアンは言った。その目は知性の劣る人間が不確かな戦いを空っぽの頭で勝とうとしているかのようだった。「用があるとなぜ決めてかかるのです？」

「トルコ風呂で気取っていると」相手は答えた。「裸でいる分余計に間抜けさが目立って仕方ないですよ」

「昨日シャーレム邸の舞踏会にいましたか？」気取った様子をしたことを正当化するようにコーネリアンは尋ねた。

「いや」相手は言った。「でもそこにいたような気持ちになってますよ。実は『ドーン』紙でそのニュースを読んでたんです」

「この社交シーズンで最後の大きなイベントですよ」コーネリアンは言った。「今まで開かれた社交パーティーの中でも、特に面白くて賑やかだったんですよ」

『ドーン』紙にそう書いてますね。でも、シャーレムが事実上所有して、その支配下にあるわけですから、好意的な記事になるのは当然ですね」

「このパーティーのアイデアはとても独創的だったんですよ」自分の感想を言うわけではなく、新聞記者がすでに記事にしたと思える言葉以外は何も語ろうとしないコーネリアンは言った。「招待客が有名な歴史上の人物に扮して、彼らには、その歴史上の人物を象徴する格好をした人が付き添うのです。例えば、ある男はジュリアス・シーザーの格好をしましたが、付き添った女の子は彼の影として野心を象徴していました。それと、ルイ十一世に扮した人の付き添いは迷信を表現していました。影となる人は違う性別でなければなりません。それに、このパーティーのダンスは全て自分の影となる人をパートナーとして踊ります。本当に素晴らしいアイデアですね。若いシュナーテルスタイン伯爵が考えたと言われてます」

「ニューヨークは彼に大変感謝するだろうね」もう一人は答えた。「影の踊りと、そのあらゆる風変わりな派生形はこれから一年半もの間、向こうで大流行するでしょうね」

「なかでも一部の衣装は本当に豪華でした」コーネリアンは続けた。「ドレイシャー公爵夫人はアホリバ*のように壮麗でしたよ。あんなに宝石を身にまとった人は見たことがありません。アホリバをやるには色が白過ぎるのは残念でしたが。彼女はビリー・カーンセットを影にしてました。彼が表現していたのは『言語に絶する堕落』です」

「そんなものを彼はどうやって表現したんです？」

「外見と衣装に関してはビアズリー**とバクスト***を合わせたような感じですよ。もちろん彼自身の人柄も大いに役に立ちました。あの夜、目立って評判の良かった人はジョージ・ワシントンに扮したガーベルローツ中尉です。ジョーン・マードルが『間の悪い正直さ』として彼の影になってました。彼は公には自分の影を『誠実さ』としていましたけど、そうとはいえない発言が皆の耳には入ってきてたんです」

「侵攻してきた奴らの一人ではありますが、ガーベルローツに幸あれと言うべきでしょうね。ジョーンをやり込めるなんてなかなかできることじゃないですから」

「他に目立った人といえば、声の大きなベッセマーとかいう女ですね。彼女は孔雀の羽根と真珠を全身に散りばめたユノの扮装をしてました。彼女の影は『緑の目をした嫉妬』を表現したロニー・ストアーでした。ロニー・ストアーで嫉妬といえば、ヨービル夫人が誰と一緒にいたか気になりませんか？　彼女が誰に扮装したか忘れましたけど、黒髪の若い男と一緒にいましたよ。彼とはこの数日どこにでも一緒にいますよ」

この話し相手はコーネリアンのすねをさりげなく蹴り、顔をしかめながら隣の椅子で横になっている黒髪の青年の方を向いた。この青年は起き上がると、より熱いサウナ室へ歩いていった。

「あの部屋に行くなんて賢い奴ですよ」ふてぶてしくコーネリアンは言った。「彼の顔が赤くなっても、それが恥ずかしさのせいか熱のせいか、もう分からなくなってしまいましたね。ヨービル夫人は上手く男を取り替えましたよ。彼はロニーよりもハンサムじゃないですか」

「ピザビーはフリードリヒ大王をやったんですね」『ドーン』紙をめくりながらコーネリ

＊　**アホリバ**　『旧約聖書』「エゼキエル書」に登場する人物。偶像崇拝という罪を犯して神から滅ぼされた遊女アホラの妹である。彼女の淫行ぶりは姉よりも酷く、やはり神から滅ぼされている。

＊＊　**ビアズリー**　オーブリー・ビアズリー（一八七二—一八九八）。オスカー・ワイルドの戯曲の挿絵などを書いたヴィクトリア朝後期に活躍した画家。美学運動の牽引者の一人だった。

＊＊＊　**バクスト**　レオン・バクスト（一八六六—一九二四）。ロシア人の画家で舞台装飾も手がけた。ロシアの美術雑誌『芸術世界』の挿絵や斬新な舞台美術で名声を得た人物。

アンの話し相手は言った。

「まさにピザビーがやりそうな人物だと思いませんか？」コーネリアンは言った。「彼は関係者全員にフリードリヒ大王の伝記を書いたことを言いたくて仕方ないですよ。それから、彼は『戦争の天才』らしきものを表現した退屈な女を連れてましたよ」

「『広告の精霊』の方がしっくりきますね」話し相手は言った。

「このお祭り騒ぎの始まりはとても印象的でしたよ」コーネリアンは続けた。「薄暗くなった舞踏会場の中央に影役の人たちが横たわっていたんです。誰が誰だか見分けがつきませんでしたよ。そして、影の本体役の人たちは厳粛な音楽に合わせて会場中央から外れた明るい場所を行進したんです。暗がりの中で群衆と化した影たちは一人ずつその群れから離れ、パートナーの名を呼び、その主人の元へ行くのです。そして、最後の影が自分の主人を見つけ一緒になると、会場が目が眩むほどに明るくなり、オーケストラはすぐさまありきたりな舞踏曲を演奏しました。そして、人々は思い思いに踊ったのです。もう大騒ぎですよ。それが落ち着くと、みんなは気取った様子で歩きながら、自分の姿を周囲にひけらかすのです。これが三十分ほど続いて次のダンスの時間が始まる、といった具合で会は進行したんです。あの夜は面白い出来事に事欠きませんでした。一連のカドリーユを『七つの大罪』とそれを表す人たちで踊ったということもありました。カドリーユは四つのカップルを一つのセットとするので、七つのカップルでは一組足りません。それで、彼らは八つ目の罪を取り入れたわけです。それがなんだったかは覚えてませんけど」

「誰がダンスをしていたかを考えると、『愛国心』という罪がとても合うんじゃないですか？」相手は言った。

「しーっ！」コーネリアンは不安そうに声を出した。「ここでは誰が聞き耳を立てているか分かったもんじゃないですよ。大ごとになりかねませんよ」

「あのとても斬新で流行っている『バニー・ハグ』を真似したものはなかったんですか」軽率な話し相手は言った。

「『カビー・カドル』ですね」コーネリアンは言った。「パーティーの終わり頃に三、四組の勇気のあるカップルが踊りましたよ」

「『ドーン』紙は、そのダンスはどこか見慣れたものでありがならも、目を瞠《みは》るほど現代的だったと評してますね」

「あのダンスがどういうものだったか私なりに説明すると」コーネリアンは言った。「トブ夫人がそれを見て言った『もし互いを心から愛しているなら、どんな形のダンスだっていいのよ』という言葉に尽きると思うんです。ところで」彼は無関心を装って付け加えた。「『ドーン』紙には私の衣装について詳しく書いてありましたか?」

彼の話し相手は皮肉っぽく笑った。

「あなたは『ドーン』紙や他の朝刊があの舞踏会について書いたことを全ては読んでいないと言いたいわけですね」

「トルコ風呂で赤裸々に語るのは良くありませんから」コーネリアンは言った。「私には天気予報や中国のニュースをチラッと読むくらいの時間しかなかった、ということにしてくれませんか?」

「いいですとも」話し相手は言った。「あなたの衣装については書かれてませんでしたよ。あなたのことは『コーネリアン・ヴァルピー氏、皇帝ネロとして登場。彼に付き添ったケイト・レラ女史は「麻痺した虚栄心」を表現した』、と他のたくさんの招待客に紛れて書いてありました。ネロについては、これまで否定的な意見が多く言われてきましたが、最も辛辣な批評家でさえ、あなたに似ているということで彼を非難したことはありません。否定しようのない明確な証拠が出てくるまで、あなたがネロを上手く表現したなんて私は信じませんよ」

コーネリアンは彼の悪口をものともしなかった。そして、彼は椅子に優雅にもたれかかって『ドーン』紙が不当に記事にしなかった昨晩の自分の衣装について詳細に語り始めた。

「ネパール産のシルクに胸から首にかけて真珠、それも本物を敷き詰めたチュニックを着ました。腰回りには金箔を貼った絡み合う蛇のベルトをしたんです。それに足には真紅の紐を通した金のサンダルを履き、両腕にはそれぞれ七つの金の腕輪を付けました。また、頭には真紅の実を付けた金の月桂樹の冠を被り、左肩からは金色と真紅色で十二の星座を刺繡した赤紫色のシルクのローブを掛けました。私はこのローブを今回のために作らせたんです。そして、象牙の鞘に収められた緑の翡翠の柄がついた短剣を、緑色のコルドバの革紐で腰から下げ……」

コーネリアンの話の途中で彼の話し相手はゆっくりと立ち上がり、水の入った小さなボウルにタバコを投げ入れ、もっと熱いサウナ室へと向かった。コーネリアン・ヴァルピーは置いてきぼりを食らった。それにもかかわらず、なんとも言えない自己満足の表情を浮かべていた彼は想像の中で昨晩の華美な服を再び着ていたのだろう。

# 第十八章　言い訳が通じない死者たち

十一月の午後の穏やかな陽光は日没となり早々に薄らいでいった。見渡す限りの田園地帯では妻たちがコテージの戸を閉め、ランプを点け、日が短くなっていくことを決まり文句のように口にした。納屋の前の庭や、鶏を囲う柵の中では、食い意地の張った若い雌鶏たちが餌を探すため本日最後の入念な調査をしていた。散らばったご馳走の残飯を啄《ついば》んだあとは、各々が自分の指定席だと信じる止まり木へと騒がしく向かって行った。そして、家畜の世話や農耕をする労働者たちは、家や酒場に思いを巡らせ始めるのだった。その一方、追っ手を振り切るのに川辺の湿地の冷たいぬかるみを駆け回った狐は、ずぶ濡れでくたくたになっていた。しかし、この狐は挫けることなく茨が茂る小高い岸を登り、茂みが絡み合う森の迷路へと姿を消した。ハリエニシダの茂る雑木林に身を潜めていたこの狐を一時間あまりもの間、休閑地や耕地、低木の茂みや森の小道で追い回し、最後の数分間に猛突進を試みた獰猛な牙を持った群れは、この動物にとってもはや過去の存在となっていた。冷たくぬかるんだ川辺や深く茂った森、沈む太陽といった、追われていた時の世界は過ぎ去り、そして、この狐は生き残った。しばらくすると、この獣はくたびれた肉球にこびりついた泥を舐め落とすだろうが、それよりも前に追跡者である馬に乗った狩人と猟犬の群れは家路に向かうのだろう。

夜が更けていくなかヨービルはまだ馬に乗っていた。大通りか民家にたどり着こうと、さまざまに交差する生垣に囲まれた道を馬の感覚を頼りに進んでいた。熱病の後遺症を引きずっていた彼は、丸一日狩りをしたため、疲れ果てていた。彼は鞍にきちんと跨がるのが精一杯だったほど疲労していたのだが、狩猟の成果に浸りながら山小屋での快適な癒しを想像して心弾む気持ちだった。人気《ひとけ》のない暗い土地の不気味な静けさには魔法のような素晴らしさがあり、疲労困憊していたこの男でさえもそれを感じることはできた。昼間にあったものを全て捨て去ったかのように暗闇が覆うこの土地には、躍動する生命が至る所に潜んでいると思った。知覚こそできないが、ヨービルにはその生命はすぐそばにあるような気がしていた。もし、森の神や邪悪な目をしたファウヌスが古代ギリシャ時代、木漏れ日の中の林や丘に実際にいたのであれば、同じような種類の生き物が、陽の落ちた木々が生い茂るこの地で用心深く生きていると考えることもできるのだ。

　朝の小狐狩りを二度ほどやったことを除けば、ヨービルが本格的に狩りに出てから今日で三日目か四日目だった。それにもかかわらず、彼はずっと狩猟をして生きてきたような気がしていた。外国での旅の日々や、その間に病気になったこと、帰国後ロンドンで過ごした二、三ヶ月ほどの時間は今の彼とはほとんど関係のないもの、過去の人生を織り成すものの一部と化していた。そして、今後のことについては、確固たる熱意と決意を持って考えようとしていた。しかし、この冬は狩りをして銃を少し撃ち、近所の人を数人もてなして気の合う友人を作ろう、という程度にしか考えていなかった。来年は今年と違って自分を取り囲む状況をじっくり見つめる時間があるだろうし、かつてのような活力を取り戻すこともできるだろう。狩猟シーズンが終わる来年からは、彼は自分にできる何か立派な趣味でも探し始めるとか、熱帯地方や辺境にいる古い友人に連絡を取ってみるとか、何かを始めるつもりだった。

　そのような展望を描きながらも、彼は自分に最適な場所をすでに見つけていたことも十分に知っていた。今の環境が持っている魅力にこれ以上逆らうことを彼は止めたのだった。ゆったりとして静かで心休まる楽しい田舎の生活は、死にかけた男を骨抜きにするほどに魅力的だったのだ。獲物を追いかける楽しみ、細かなところまで彼の希望通りの山小屋が与えてくれる、失望のない快適さというのが、まさに彼がこの土地に望んだものだった。自ら遠くへ旅に出て、世界中を巡り歩いてきた経験のある人間が時折感じる、懐かしく愛おしい土地に対する情熱的な深い郷愁の念を彼も感じていた。バッキンガム宮殿に掲げられた異国の旗、公共の建物や公式文書に見られるシャルルマーニュの冠、以前の世代の英国人たちは見たことがないプリマス港やサウザンプトンの入江に浮かぶ灰色の船の船尾に立てられた旗、これらのものは東ウェセックス地方の生垣が並ぶ場所や森や収穫後の畑などにいると、とても遠くに、また無関係に感じられた。ここで直面する問題といえば、馬や猟犬の飼育、収穫、狩猟用の鳥の繁殖、植樹や伐採、家畜の飼育と販売、草地の貸し出し、養殖場の管理、市場や定期市の維持開催、といったことくらいだった。そしてヨービルは自分が細々とした田舎生活に落ち着いていることに対して嫌悪や自己非難の気持ちに陥ることがあった。それは、ヤマウズラの巣作りが遅れていることや、放し飼い馬屋の排水に問題があることなど、庭師の小間使いでも解決できるようなことにかまける一方で、微かに聞こえる祖国を奪われた民の悔しく切なそうな苦悶の喘ぎを無視していたからだった。さらに、祖国の栄光をヨービル自身も謳歌していながら、その国民の苦難の時に自分は手も貸さないでいることへの自己嫌悪でもあった。そのような気分の時は、上等なカーテンとローズウッドの家具で部屋を飾り、その出来栄えをベラベラと喋る男の二番煎じほどの価値さえも彼にはないのではないか、と自問自答するのだった。

ヨービルが進む道は分岐するだけで、どこにもたどり着かないように思えた。生垣が途切れたところに遭遇しても、そこから建物に通じる様子は見えなかった。それに、日が落ちた後では闇はさらに深さを増していた。ところが、その時、疲れた馬が速度を上げて駆けだし、鋭い曲がり角を勢いよく曲がると広い道に出た。そして馬はもてなしを期待するような様子で、道沿いの宿屋の低い戸口の前で止まった。ドアや窓から心地よい明かりが漏れていた。しかし、道の反対側からは宿よりも強い光が放たれていた。大きな自動車が出発できる状態で待機していたのだった。ヨービルは馬から転がり落ちるように降り、開きっぱなしのドアを狩猟用の鞭で打った。その大きな音に反応し、宿屋の主人と彼にくっついてきた二、三人の男が飛び出してきて、ヨービルと馬をもてなした。ヨービルがまず求めたのは、馬に小麦粉と水、彼自身には何か温かい飲み物だった。それらが満たされると今度は地理的な情報をしつこく尋ね始めた。しかし、彼が尋ねた人たち、そして頼まれてもないのに話に加わってきた人たちの話を聞いて彼は大きく落胆した。彼の目的地はここから少なくとも九マイルは離れていたのだ。疲れた男と疲れた馬が暗闇の中、九マイルも険しい田舎道を移動するのはあまりにも無謀だと思えた。ヨービルはこの夜来客予定があり、そのことを忘れていたわけではなかったが、とにかくベッドとして使える丈夫なものがこの宿にはないかと考えていた。彼がこのように切羽詰まって考えを巡らせていたなか、宿の主人は素晴らしい提案を持って割り入ってきた。バーにいる紳士もヨービルが向かおうとしている方向に自動車で行くというのである。また、その紳士は彼を目的地まで乗せて行ってくれるに違いない、と宿の主人は言うのだった。また、この紳士は猟犬を連れてきているからヨービルの馬はこの宿の厩で休ませておいて、翌朝馬丁が家に連れて来る手配をするとその主人は言った。ヨービルの使いが急いでバーに行くと、自動車の持ち主は狩猟仲間の手助けなら喜んでしたいと答えた。ヨービルはその親切な申し出を感謝して受け入れ、馬を厩に入れる手筈を急いで整えた。彼は厩の状態が適切であることと餌が十分にあることをしっかり確認すると、狩猟の格好をした若い男と陽気そうな運転手がいる道路へ向かった。

「ヨービルさん、あなたのお役に立てることができて光栄です」自動車の持ち主は礼儀正しくお辞儀をしながら言った。ヨービルはこの若い男がバークシャー通りの彼の家で開かれた音楽会に出席していたガーベルローツ中尉だと気づいた。あの時彼はヨービルのことを見たに違いなかったが、狩猟用の装備をしたヨービルを相手はしっかりと観察しなかったのだ。

「私も猟犬を連れてきたんですよ」若い男は続けた。「馬はドルフォードのクロウ・アンド・セプターに置いてきましたよ。あなたはブラック・デーンに滞在していると聞きました。玄関先までお送りします。あそこは通り道ですから」

ヨービルは苛立たしさと恥ずかしさのあまり、しばらくの間、返事ができなかった。愚かにも受け入れてしまったこの助けを断るのには手遅れだった。それに彼はこの若い軍人に最大限の敬意を払うべき立場になっていたのである。しかし、よく考えてみれば彼とは妻の客として自宅で会ったことがあるのだから、自分が一方的に恩を受けたとはいえない、ともヨービルは思った。宿の主人に支払いを済ませ、馬を入れるのを手伝ってくれた少年に駄賃をやり、ガーベルローツ中尉の隣のシートに座った。

自動車が暗闇の中を流れるように走り、この若いドイツ人が今日の狩りについての感想を色々と話しているなか、ヨービルはこの快適な状況でシートにゆったりと座りながら自分がどれほど恥ずかしい思いをしているかと考えていた。自分の人生で欲しい物を知り、一旦それを手に入れると大事にしなければならない、というのはシシリーの掟であった。彼女の考えを彼の人生に当てはめるならば、今の環境は自分が本当に求めているものといえるだろうか。祖国を征服して隷属状態にした国の人間と趣味の時間や余暇をともに過ごすことを受け入れてでも、田舎の紳士としての平穏な生活を望むだろうか。

小さな村落を通過していた自動車は幾分スピードを落としながら、村の学校、掲示板にあのモノグラムが新たに掲げられた田舎の警察署、さらに墓地に小さな木が茂る教会を通り過ぎた。ある通りの角では野生の薔薇の木や背の高いイチイの木に囲まれてヨービルの親類たちが眠っていた。彼らはそれほど遠くない昔、この辺りに住み、狩りをして人生を穏やかに過ごしていたのである。この閑静で小さな墓地を通り過ぎるたび、ヨービルは今や思い出となった彼らに愛情を込め沈黙したまま帽子を上げる挨拶をするのが決まりであったが、彼は親類の死者たちが不思議がってこちらを見ている気がして、その挨拶はせずに墓から顔を背けた。

三、四ヶ月前から考えれば、彼のこの行動は有り得ないものだっただろうが、それは現実となったのである。今の彼はこの若い仲間の陽気で礼儀正しく当たり障りのない話を聞き、冗談に笑い、質問に答え、さらに、ガーベルローツ氏の国の狩猟の仕方や慣習についても教えてもらっていた。自動車が山小屋の門に入り、玄関前に停まった時、ヨービルは送ってくれた恩人に礼儀として、家で少し休んでもらって、先ほどの道沿いの宿屋よりも少しいい飲み物を出すことを申し出なければならない、との義務感を抱いた。この若い軍人はヨービルのこぢんまりとした部屋で壁に飾られた狩りの獲物や銃のコレクションを見たり、それらについて話をしながら三十分ほどの素晴らしい時間を過ごした。彼は森林についての知識が深く、ヨービルがよく知っているはずのシベリアの森や北アフリカの砂漠にいる鳥獣についてでさえ、新たな知識を与えてくれた。気づけば、ヨービルはこの偶然迎えることになった客とヨーロッパにおけるさまざまな種類の生き物の分布や地域で異なる変種について、それらの独特の習性や捕獲したときの話を熱心にしていた。もし冷静で鋭い目を持ったシャーレム夫人がこの場面を見ていたら、彼女は「既成事実《フェ・アコンプリ》」によって新たな根が張り巡らされたとでも言っただろう。

客が帰りヨービルは玄関のドアを閉めた。そして、押し入ろうと待ち構えていた、怒りと非難の感情の波に対しても彼は心のドアを閉めた。彼の使用人はすでに風呂の湯を張っていた。お湯や蒸気がもたらす、ゆったりとした心地よさの中、この疲れた狩人は数分もすれば、疲労や山小屋の外の世界のことなど忘れるだろう。脳や四肢は眠ったように緊張を解いて心地よく休息していた。浴室の壁の外の世界は遠く離れ非現実的なもののように思えた。浴室内の湯気をくぐり抜け、彼の夢心地の状態を解くことができるのは夕食だけだった。厳選された材料を上手に料理し、十分な量で、美しく盛り付けされた夕食。これが風呂に入る者を暖かさと蒸気の天国から立ち去らせる誘惑なのである。入浴のおかげで十分に元気を取り戻した。ヨービルは疲労から大分回復し、強い空腹感を覚えていた。暖炉が勢いよく燃える更衣室では、黒毛の子猫が彼の着替えを手伝ってくれたことで、ガウンの紐に新しいタッセルが必要になった。彼が着替えを終え、子猫が六度目の、そして、最も激しいタッセルへの攻撃を終えたとき、玄関から呼び鈴の音が聞こえた。するとすぐに、大きくて騒がしい、明らかに空腹だと分かる声が玄関ホールに響いた。その声は地元の医者のものだった。今日の狩りに参加した彼は、今夜の夕食の場を尽きない狩猟と社交の思い出話で盛り上げてもらおうと呼ばれていたのだった。彼はこの土地とその人々のことをよく知っていて、イースト・ウェセックスの狩猟についての生き字引のような存在でもあった。彼の話というのは今夜の食事とぴったり合っていたようだった。贅沢な古いウスター磁器とジョージ王朝時代の銀食器、暖炉の炎の光と薪木が爆ぜる音、美味しい料理の数々に芳醇なワイン、といったものが揃った空間で、彼の話は濡れた生垣や土の固い畑、葉が茂る藪、泥で濁った小川などの光景を垣間見させてくれた。再びヨービルの世界は食堂へ、機能的なキッチンを奥に備え、さらに、その奥には貯蔵庫のある、暖かく眠気を誘う香りが立ちこめる食堂へと狭《せば》まった。そして、大切な外の世界には、放し飼いの厩に馬具の倉庫、そして厩前の庭があり、そこから奥に行った所では、キジがヤドリギに止まり、フクロウが飛び回り、狐が歩き回る静かで暗い土地が広がっていた。

ヨービルは座って近所の男女や馬についての話が次から次へと語られるのを聞いていた。この医者にかかると狐にも人格があって、そのうちの一部には生い立ちまで感じ取ることができた。彼の話はどこかアンデルセン童話のようであり、『在アイルランド行政官』*に出てくる話のようでもあり、『ほら吹き男爵の冒険』**のモデルになった人物が吹聴した冒

---

＊**『在アイルランド行政官』**　一八九九年にイーディス・サマーヴィル（一八五八―一九四九）とバイオレット・マーティン（一八六二―一九一五）が発表した『在アイルランド行政官』は、ある英国人の退役軍人がアイルランドの行政官に任命されそこに住むことになり、アイルランドの風習などを学んでいく様子を面白おかしく描いたコメディー作品である。この作品は人気となり一九〇八年にはその続編も登場している。

＊＊**『ほら吹き男爵の冒険』**　ミュンヒハウゼン男爵（一七二〇―一七九七）という人物に着想を（↙）

険談の中でも真実味のありそうな話にどこか似ているとヨービルは思った。この医者の話で最近のものについては細部に至るまで正しいことが分かったが、古い話は植物や動物が人間の都合のいいように変えられているので、繰り返し語るうちに変化していったのだろう。

今夜の夕食の時間では一つ触れられることのなかった話があった。それは会話に出てきたさまざまな家族の半数くらいについて「どこに住んでいたか」という彼らを特徴付ける必要な情報が省かれていたのだった。この地域から彼らはすでに忘れられていたのだった。彼らの土地は売りに出されていたか、すでによそ者が手に入れていたのだった。最高の冗談と楽しい話が交わされるなか、微笑を浮かべる影が食卓に座して、凍るような悪寒を幾度となく与えるのをヨービルも医者も気づかないようにしていたのだった。昼間の彼らは猟犬を連れて活発に動き回ったことで興奮状態だったから、この夜は疲れることはしばし忘れて休息したかったのである。食事会が終わるとヨービルは寝室に行った。召使いがドアを閉め火を掻き出す片付けの音が次第に静かになり、家が静寂の中に包まれると、締め出していた思考が彼の頭の中に押し寄せてきた。体は疲れていたが、脳はまだ元気で、彼は考えながら横になっていた。すると、一時は狭まっていた世界が突如として広がった。

そこは、考えるべき重要なことが詰まっていて、重要なことを行う人間によって支えられた世界だった。山小屋や、厩、銃置き場といった先ほどまでの彼の世界の全てだったものは、広がったこの世界の中ではただの点ほどにまで小さくなった。そこには、もっと大きく、より興味深く思案させられるものがあったのだ。ドーバーやポーツマス、コークには冷たい灰色の海が広がっていて、そこでは他国に見せつけるために大国の旗をはためかせ、水兵たちは「ブリタニア、大海原を統治せよ」を辛辣に改変し、下手な英語で「ゲルマニア、大海原、しはい」と歌っているのである。その一方で、かまどの中のような灼熱のインドの街では、英国人たちが白く照りつける太陽や、熱に焼かれた砂埃、ごった返した通りを眺めていたのである。また、彼らは声の枯れた牛の止まない鳴き声や、荷馬車の軋む甲高い音、虫がたかるブンブンという音、木のぼりトカゲの途切れ途切れの鳴き声を聞いていたのだ。また、彼らは飽くなきまでにイギリスの狩猟地の涼しい灰色の空、濡れた芝、肥沃な畑に思いを馳せ、猟犬が低く唸る声や獲物の鳥が刈り株の中で鳴く声を、切望する

（／）得た物語。このミュンヒハウゼン男爵は自分の体験談と称した面白い話を周囲にしていたとされる。十九世紀には彼の名前を冠したさまざまなバリエーションの作品が誕生した。

ように思い出していたのである。彼らが心から欲していたこれらの楽しみをヨービルは持っていた。彼は自分が人生で欲していたものを知っていたし、躊躇しながらも確実に少しずつ、密かに抱いていた願望を成就させていったのだった。今の彼は望みうる最高の馬がいて、玄関先まで狩猟の獲物がいるという素晴らしい立地の山小屋を持ち、近所の人をもてなすのに駆けつけ、手伝ってくれる妻がいる。ヨービルは望み通りの人生を手に入れたのだったが、その一方では非難の目で自分自身のことを見ていたのだった。彼は自分に対して言い訳や説得を試みたが、あの夜、なぜ自分は木の下の小さな墓地から目を背けたのかを知っていた。死者に対して言い訳は通じないのであった。

# 第十九章　小狐

我々のために狐を捕らえよ。ぶどう園を荒らす小狐を捕らえよ

ヨービルが旅行をし、病気にかかったシベリアより帰国してから十ヶ月ほどたっていた。ある晴れた暖かい五月の午後、シシリーはハイド・パークにあるオープンカフェの小さなテーブル席に座り、オーケストラの素晴らしい演奏を聴きながら、昼食後のコーヒーを飲み終えようとしていた。彼女の向かいにはラリー・ミードーフィールドが座ってゆったりとタバコを楽しんでいた。短期的ではあるがタバコにも有益な面はあるのである。ラリーは身なりの立派な若者であった。シシリーは彼のことを非常に好ましい外見であると考えていたが、彼自身も彼女と同じように考えていたのは明らかだった。彼は純朴な田舎者が苦もなく町の伊達男になった、という感じの健康的で手入れの行き届いた外見をしていた。

広い額には生え際が深く食い込んでおり、その髪は黒く、後ろに撫で付けられ、それは雨に濡れたリンボクの実のようであった。眉毛は二つの黒い染みのようであり、薄紫がかった灰色の大きな目は切迫した欲求が満たされて大人しくなった動物のようだった。食事は素晴らしいもので、春の暖かな空気の中、屋外で昼食をとるのは楽しいものだった。この昼食で唯一の欠点は鏡がなかったことである。しかしながら、もし彼が自分自身を見ることができなくとも、多くの人は彼の姿を見ることができたのである。

シシリーは素晴らしい舞曲に合わせてきびきび動いたり気取った様子で歩き回るオーケストラの演奏を聴き、そして、音楽を聴きながらテーブルの向かいにいる、ちょうどタバコに意識を取られていた青年を嬉しそうに眺めていた。自分が欲しい物を知り、一旦それを手に入れたら大事にする、という彼女の人生の計画はいい結果を生んできた。ロニーは成功を手に入れたことで退屈な人間となってしまったが、彼の代わりを見つけることは難しくなかった。長い間代わりが見つからない、という残念なことは起きなかったため、誰一人として彼女を可哀想だと思える喜びを味わえたものはいなかった。彼女よりも財力、知力、外見的魅力に乏しい女性の知人に対して彼女は「これがヨービルという女よ」と誇ることができたし、その一方「可哀想なシシリー・ヨービル」と囁く口実を彼女らに与えたことは一度もなかった。彼女が心の準備をして冷静に受け入れた現実に対して、愛しのミューレーは激怒していたが、彼は彼女が望んだ通り落ち着きを取り戻した。二人の結婚生活に新たな幕が開いたのと同時に、この男女の友情も新たなステージに達したのだった。この前の冬は二人で楽しく乗馬をやったり、快適な山小屋で笑い合って夕食を食べたり、長々とブリッジをしたりもした。あの冬はそんな日々が二人の日常だったのだ。彼はいまだに変貌したロンドンを嫌っていたし、彼女が主催する集いには無関心だった。それでも、彼の狩猟場で時々見かけるドイツ人狩猟者たちに対しては頑なな不寛容さを見せることはなかった。

オーケストラが体を揺らしながらカタカタと音を鳴らす演奏をやめると、短い拍手がパラパラと鳴った。

「『死の舞踏』*よ」シシリーは連れに言った。「カミーユ・サン＝サーンスの名曲だわ」

「そうなの？」ラリーは無関心そうに言った。「あなたがそう言うなら信じるよ。僕は音

---

＊**『死の舞踏』**　サン＝サーンスが詩人アンリ・カザリスのテキストを元に一八七四年に発表した交響詩。

楽のことはあまり知らないんだ」

「まあ、だからあなたが好きなのよ」シシリーは言った。「あなたは美味しそうな若い野蛮人よ」

「そう？」ラリーは言った。「あなたは僕の魅力を知ってるんだろうね」

ラリーの父は非常に知的な人物で、たいへん美しい女性と結婚したが、神はラリーを父親に似せるという意図を全く持っていなかったようである。

「屋外で昼食をとるというスタイルが今とても人気なの」シシリーは言った。「天気のいい日ならみんなここに来てるわ。ベイルクイスト夫人があっちにいるわよ。彼女は夫が伯爵になる前はシャーレム夫人だったんだけど。正確には彼女が夫を伯爵にする前はね。彼女は大閲兵式があるからすごく興奮しているようね」

実際にこの時期は予定されていたボーイスカウトの分列行進が大変話題になっており、ベイルクイスト伯爵夫人は目下これに夢中だったのである。

「みんなの記憶に残るようなイベントになりますわよ」サー・レオナード・ピザビー氏に彼女は言った。（彼の執筆活動での貢献はこれまでのところ半端な評価しか得ていなかった）「もし、このイベントが失敗したら、既成事実《フェ・アコンプリ》にとって大きな痛手となりますけど、成功すれば、まだなされていない両民族の和解に大きなはずみとなりますわ。それに若い世代が私たちの味方になります。もちろんその世代全員ではありませんけど、少なくない数の人たちが味方になってくれます。今望めるのはこれくらいですけど、それでもやりがいは十分にありますわ」

「ボーイスカウトたちがあまりやりたがらず、数が揃わなかったらどうします？」レオナード・ピザビー氏は心配そうに言った。

「それは大きな問題ですわ」ベイルクイスト夫人は静かに言った。「おそらく活動しているうち三分の二は出るのをためらうでしょうけど、三分の一、いや六分の一だって参加すれば十分ですわ。それだけいれば、あのパレードが大失敗するという不幸から救ってくれるはずですし、私たちの今後の活動をそこから広げることもできるようになりますわ。幸先のいい始まり、これが欲しいんです。本格的な活動の準備ですわ。大事な一歩として、今日のイベントがとても重要なんです」

「もちろんですとも。目標への第一歩です」ピザビー氏は同意した。

「安心してください」ベイルクイスト夫人は続けた。「新しい体制下でボーイスカウトを集めるのに十分な下準備をしておきました。例外的な特権をふんだんに与えるのです。例えば、ボーイスカウトを独立した団体として認め軍事教練隊に吸収されるのを防ぐということや、彼らのための勲章を新たに制定しましたし、ウェストミンスターには彼らが使うための大きな宿泊施設や屋内競技場を用意しました。それに、皇帝陛下の一番下のご子息がスカウトの最高指揮官になることが決まっています。素晴らしい賞が与えられる大きな競技会も年に一度開催されますのよ。毎年夏にはバイエルンの高地やバルト海の海岸に三、四百人を無料で招待して、それだけではなくて、軍費を英国民が負担することになって以来、皆は税金の高さを嘆いてますが、その一部がメダルを受けた子供の家庭ではもれなく免除されるんです」

「ここまでの条件なら、魅力的でないなんて言える者はいませんね」ピザビー氏は言った。

「これだけやるのには、すごく骨が折れたんですよ」ベイルクイスト夫人は言った。「でも、苦労するだけの価値はありますわ。彼らは帝国の重要な一員になるんですから。若い世代の人たちは新しい時代の扉を開こうとし、古い人種差別に対しては扉を閉じて鍵をかけようとしているんです。レオナードさん、あのカーキ色の服を着た小さな男の子たちの最初の一団がハイド・パークの門をくぐる時は歴史的瞬間になりますよ」

「いつ現れるんですか?」この話し相手の熱意をいくらか汲み取った准男爵は尋ねた。

「最初の隊は三時に着くことになってます」小さなプログラムを見ながらベイルクイスト夫人は答えた。「三時ちょうどです。そして、あとの隊が次々とやって来ます。皇帝は従者を伴って二時五十分に到着し、閲兵台に着かれます。そこには大きな旗が掲げられますよ。少年たちは所属によって、それぞれハイド・パーク・コーナーや、マーブル・アーチ、アルバート・ゲートからやって来ます。彼らは小さな旗がいくつも掲げられた閲兵台の前で一つの大きな隊列を組むのです。そこで若い王子が彼らを閲兵した後、彼らを率いて皇帝陛下の前を通り過ぎるのです」

「皇帝主催のパーティーには誰が来るんです？」ピザビー氏は聞いた。

「ゲストね。人選びは本当に大事ですわ。この大閲兵式の重要性を印象付けるために、あらゆる手を打ちましたよ」ベイルクイスト夫人は再びプログラムを見ながら答えた。「ヴュルテンベルクの王とバイエルン王国の二人の王子、それから、ここにいるアビシニアの公使、彼はこのパーティーに素敵な野蛮さを加えてくれますわね。それからロンドンの治安を指揮する将軍に加え、軍のたくさんの重要人物たちも来ます。あとは、オーストリア、イタリア、ルーマニアの武官たちも来ますわね」

彼女は名士たちの名前が並んだ圧巻のリストを読み上げると、得意気な様子で黙っていた。ピザビー氏は今日開かれる幸先の良いイベントへの手土産として、自分の新しい本『大選帝侯フリードリヒ・ヴィルヘルム伝』を誰に献本するか心の中でリストを作っていた。

「あと十五分くらいで三時ですね」彼は言った。「見物人が多くなる前にいい場所を取りに行きましょう」

「私の車に行きましょう。閲兵台のちょうど向かいなんですよ」伯爵夫人は言った。「私はそこを通過できる警備用の許可証を持っているんですよ。ヨービル夫人と彼女の若い友人も誘いましょう」

ラリーはこの申し出を断った。ローマ帝国の繁栄を蛮族が歓迎しなかったような気持ちが彼にもあったのである。

「僕は水泳プールにでも行ってくるよ」彼はシシリーに言った。「お茶の時間にまた会おうね」

シシリーはベイルクイスト夫人と文筆家の准男爵と一緒に次第に膨れ上がってゆく見物人の群れに向かって歩いて行った。その群衆の前では新聞売りの少年が「ウェセックスのウィケットがすぐに倒された」とのニュースを掲げて走っていた。新たな体制下でもクリケットの地方試合の真似事はまだ行われていたのだ。閲兵台の近くでは三、四十台の自動車が並んでいて、シシリーと彼女の連れはそれらの自動車に乗っているたくさんの人たちと挨拶を交わした。

「行進を見るのにいい天気ね」隣にいた小柄なポメラニア人銀行家、リービノック氏との会話を途中でやめてトブ伯爵夫人は声を上げた。「あの若いミードーフィールドさんは連れて来なかったの？　いい子じゃない。彼に車に入ってもらって話をしたかったわ」

「彼は会話をするにはいい相手じゃないんですよ」シシリーは言った。「見る分には申し分ない相手です」

「見るだけでいいわよ」夫人は言った。

「他にも見た目がいいのは何千といますわよ」シシリーはこの老女の歯に衣着せぬ物言いを楽しみながら言った。

「何千もいるの？」夫人は心配そうに声を潜めて尋ねた。「本当に何千人も？　数百人かもしれないわね。何千人って言われると疑ってしまうわ。私は楽観的じゃないから」

「何百人はいますわね」シシリーは言った。

そして、伯爵夫人は小柄な銀行家に向かってドイツ語で早口で熱心に話しかけた。

「この国でしっかりと地盤を固めることが大事なの。若い世代の人々を少しずつ味方に付けていかないといけないわ。敵対心を解かせるのよ。いつまでもこの地域を警戒し続ける余裕はないわ。これは私たちの弱みになってしまっているし、弱みを持っていることは許されないの。東ヨーロッパ南部でのスラブ人の動乱は大きな脅威になってきているわ。ザグレブからの今日の電信は読んだ？　悪い知らせよ。この動乱の今後は予測できないわ」

「あれは我々に向かってきてますよ」銀行家は言った。

「私もそう思うわ」夫人は言った。「動乱が私たちに向かってくるのは自然な成り行きね。楽観的になるのはよしましょう。これからの十年か、それよりも早く、私たちは危機に直面するわ。それも単なる始まりに過ぎない。総力を挙げて対応しないとならなくなるわ。だから、この土地で力を削がれていてはいけないの。今日は大切な一日よ。正直に言って私は緊張しているわ」

「聞いて！　ケトルドラムの音よ」ベイルクイスト夫人の声が辺りに響いた。「皇帝陛下が来たわ。早く車に乗って」

　警察官が守る立ち入り禁止の線の外側では、予想通り群衆が密度を増していた。歩道から急いで駆けつけた見物人たちはすでに到着していた人の肩越しに視界を確保しようとしていた。

ハイド・パーク・コーナーのウェリントン門を抜けて意気揚々とした音楽を響かせ、煌びやかな衣装を着た華やかな行進の一団がテンポの良い動きでやって来た。眩い兜をかぶった親衛隊、はためく黒と黄色の槍旗を携えたヴュルテンベルクの槍騎兵隊、色彩豊かな軍服の数々、誇らしげに馬に乗って進む気品ある騎馬隊の列、帝国の旗、プロイセンと英国とアイルランドの王、西ヨーロッパの皇帝。ロンドン市民は敗戦以降これほどまでに存在感のある光景を目にしたことはなかった。

ゆっくりと、そして徐々に、鳴り轟く音楽と蹄の地面を蹴る音が群衆の前を通り過ぎ、閲兵台に向かって草地を抜けた。征服された王国の三頭のヒョウとライオンとハープの役割を引き受けた鷲の旗がゆっくりと高らかに掲げられ、そよ風にはためいていた。訓練された正確さで軍隊と従者たちがこの行進劇の中心人物の周囲に整列した。そして、トランペットとケトルドラムの演奏が突然止んだ。すると近くにいた見物人たちの熱心な話し声がすぐにざわめきとなって演奏に取って代わった。

「王子様はスカウトの制服が似合うなあ」……「ヴュルテンベルクの王は思ったよりもずっと若いな」……「あそこの黒い馬に乗った男が着てるのはプロイセンの軍服か？　それ

ともバイエルンの軍服か？」……「どっちでもないよ。オーストリアの軍服だ。オーストリアの武官だよ」……「皇帝陛下に話しかけているのはシュトッペル氏だよ。彼はドイツでボーイスカウトを作ったんだ」……「皇帝陛下は嬉しそうな表情をされてるな」……「皇帝が喜んでるのは当然だよ。両国にとって歴史的な瞬間なんだから。新しい時代の幕開けになるんだぞ」……「アビシニアの公使がいるのが見える？　なんて華やかなんでしょう。それに馬に乗る姿も素敵ね」……「ヴュルテンベルクの王に話しかけているのはバーデン大公の甥だぞ」

少し離れた場所からどこか不吉さを感じさせる鐘の音が規則正しく三度続けて鳴ると、見物人たちの騒がしい話し声はぴたりと止んだ。時計は三時を示したのだった。

「三時になったのにボーイスカウトは誰一人見当たらないし、行進する音も聞こえませんね」ジョーン・マードルは甲高く大きな声で言った。「二マイル離れたところからでも彼らのトランペットやドラムの音は容易に届くというのに」

「道が混んでるんでしょう」レオナード・ピザビー氏は彼女と同じくらい甲高い声で言った。「それにもちろん」彼は曖昧に付け加えた。「いくつもの隊を一つにまとめるには時間がかかるし、数分の遅れは許してやるべきですよ」

ベイルクイスト夫人は何も言わなかったが、彼女の落ち着きのない鋭い目はハイド・パーク・コーナーからマーブル・アーチの方を見て、そして再びハイド・パーク・コーナーへと向けられる、といった具合に、行ったり来たりしていた。しかし、彼女の目に入ってきた光景は、行進を待っている黒い群衆の列と、その中を動き回るウェセックスのクリケットの試合結果をそれに無関心な町の人々に売り込む新聞売りの黄色いプラカードくらいだった。彼女が見渡すことができるもっとも遠い場所であっても、見えてくるのは、ぶらつく人々を除いては、木々と草地が広がる緑色の風景くらいだった。茶色の背の低い隊列は見当たらず、どこからもドラムの音は響いてこなかった。彼らの指定位置を示す小さないくつもの旗は、無人の閲兵場でむなしくはためいていた。

皇帝は部下の一人に悠然と話していた。外国の武官たちは特に何の問題もないとでも言わんばかりに馬に乗ってまっすぐ前を見ていた。アビシニアの公使は穏やかに落ち着き払っていたが、おそらく彼の場合は演技などしていなかったのだろう。従者たちからは不安が感じ取られた。それをなんとか隠そうとしているから余計に目立ってしまっていた。閲兵台の近くに陣取ることができた見物人たちの間では、そわそわした様子がはっきり見て取れた。

「六分過ぎたけど、来る気配もないわ」もう我慢できないという様子でジョーン・マードルは声を上げた。

「聞こえるぞ！」誰かが言った。「トランペットの音だ！」

すると皆は耳を澄まし、目を凝らした。

それはただの自動車のクラクションだった。ボーイスカウトの到着を信じているレオナード・ピザビー氏でもハイド・パークの彼方からは砂埃以上のものを見つけることはできなかった。

また別の音が聞こえて来た。判別し難い音がどこからともなくぼんやり聞こえた。この行進式の失敗に気づき始めた群衆のざわめきが次第に大きくなっていった。

「軍楽隊が演奏してくれないかしらね」トブ伯爵夫人は苛立たしげに言った。「何も聞こえないのにここで待っているのは馬鹿みたい」

ジョーンは自分の時計をいじりながら、それ以上何も言わなかった。それは、堪え難い一秒一秒がゆっくりと過ぎていくなかでは、悪態をどれほどついたところで大した意味はない、と気づいたからである。

群衆のざわめく声は大きくなっていった。ある者は近づいてくる演奏隊の横笛とドラムの音を皮肉って口笛で真似をした。また、ある者はそれを受けて軍隊が行進する音楽を真似て甲高い音を響かせた。ぎゅうぎゅう詰めの群衆から偽物のドラムを叩く音や横笛を鳴らす音が響いたが、木々の向こうからそれに答える音は聞こえなかった。夜のキノコのように制服の警察官や私服の刑事たちがあらゆる場所に配置されていた。ここでは不敬な出来事が何も起こらないようにされていたのだった。口笛を吹く者や音を真似る者は黙るよう指を差され、一言、二言注意を受けていた。群衆からずっと後ろにあった木々の下にいた一人の青年は、ボーイスカウトが来るはずの長い道路をじっと見ていた。彼は、自らの意志に反して何かに導かれるようにして、ここに来たのだった。それは帝国の成功をその目に焼き付けるため、自分の国が現実を受け入れる新たな歴史の一ページを目撃するためだった。彼は自分の血の気のない顔がかすかに紅潮するのが分かった。新たに生まれた希望と取り戻した自尊心、さらに、自身の後悔の念と恥ずかしさをもこみ上げさせるこの光景に彼は涙を流した。恥ずかしさと息が詰まる思い、理屈抜きであまりにも恥ずかしく、自己非難する気持ちが彼の心を占めていた。彼は早々と戦意を失ったが、しかし、白旗を上げずに抵抗していた者たちがいた。その青年は戦うことを放棄して、目も当てられないほど従順な人たちの仲間となったのだが、英国中の何千もの家庭には祖国の栄光を忘れず、ドイツに与することなく、また、屈することのない子供たちがいたのである。

若い世代は扉を固く閉ざしたのである。

五月の心地よい太陽の光の中で鷲の旗がはためいていた。黒と黄色の槍旗はせわしなく動いていた。皇帝と王子たち、将官たちと守備隊員たちはじっと鞍に跨がったままだった。

そして待っていた。

そして待っていた……

# 訳者あとがき

深町　悟

本書はイギリスの作家サキの長編小説『ウィリアムが来た時』*When William Came : A Story of London under the Hohenzollerns* の全訳である。原書は一九一三年にボドリー・ヘッド社から刊行され、翻訳にはその初版を用いた。また本作品はこれが初めての邦訳となる。

## サキの生涯

サキは日本では一般に、O・ヘンリーや星新一、モーパッサンなどと並んで「短編の名手」として知られる人気作家。新潮文庫『サキ短編集』は定番のロングセラーであり、また近年では風濤社や白水社、理論社などの各社から相次いでサキの著作が翻訳出版され、「サキ・ブーム」の様相を呈している。

一八七〇年にサキ（本名ヘクター・ヒュー・マンロー）は英国領ビルマに生まれた。父方、母方ともに軍人家系だった。幼くして母を亡くしたサキは、一八七二年に兄、姉とともに英国のデーヴォンにあった父方の祖母の家に預けられた。そこには祖母の他に二人のおばが住んでいたが、この家の実権を握っていたのはそのおばたちだった。三人の子供たちは、このおばたちにより愛情の無い厳格な教育、はっきり言えば、冷酷で陰湿ないじめを受けていたと言われる。サキの作品に大人に抵抗する子供の話が多いのは、このころの経験が元になっているのかもしれない。また、この二人のおばは、『クローヴィス物語』の「スレドニ・ヴァシュタール」のミセス・デ・ロップ、また、『けだものと超けだもの』に収められている「納戸部屋」の伯母さんのモデルと言われている。どちらのキャラクターも主人公の保護者役を引き受けるが、しつけと称した嫌がらせをする密かな喜びを持っている人物である。

一八八七年、軍務を退役し帰英した父に連れられ、サキは姉とともにヨーロッパ各地を旅行した。一連の旅行が終わると、すでに警察官としてビルマに赴任していた兄を追いかけるように、彼もビルマで警察官となった。しかし、もともと病弱だった彼は、度重なる熱病のため十五ヶ月で任務を退いた。

一八九六年、サキは文筆家を目指しロンドンに移住する。今日よく知られる作家としての活動よりも前に、ギボンの『ローマ帝国衰亡史』に私淑した歴史書『ロシア帝国の繁栄』を一九〇〇年に刊行。

また、その前年の一八九九年から短編小説を新聞紙上で発表するようになり、間もなく『ウェストミンスター・ガゼット』紙で連載された風刺作品が高い評価を得る。この作品は『ウェストミンスター・アリス』というタイトルで一九〇二年に出版され、これが、のちの作家人生の土台となった。

そして同年、サキは『モーニング・ポスト』紙の特派員としてバルカン半島やロシアで取材活動をし、その間に書き続けた一連の短編作品を『レジナルド』という題名で出版した。

一九〇八年に帰国してからも、記者業のかたわら短編作品を発表し続け、『ロシアのレジナルド』『クローヴィス物語』をそれぞれ一九一〇年と一一年に刊行している。

上品に取り繕う人間の醜い一面をユーモラスに暴くサキの作品は、A・A・ミルンには「一人で楽しみたい部類のもの」と評され、またグレアム・グリーンは彼のファンであることを公言していた。このように当時から読者のみならず同業の作家からも根強い支持を受けていたサキだったが、ベストセラー作家とまではいかず、記者としての報酬を主な収入源としていた。

一九一一年から、サキは本業を減らしてまで長編作品を書き始める。そして、一九一二年にはある上流階級の親子を描く小説『鼻持ちならぬバシントン』、その翌年一九一三年には本作『ウィリアムが来た時』を発表した。

長編作品を書き始めたのは、職業作家となる一つの転機だったのかもしれないが、結果的にはそうならなかった。それは『ウィリアムが来た時』を刊行して間もなく、第一次世界大戦が始まり、彼は職業作家ではなく兵隊になったからだ。彼が入隊する直前には、それまで書き溜めていた短編作品をまとめた『けだものと超けだもの』を発表している。

第一次世界大戦が始まるとサキは騎兵隊へ一兵卒として入隊したが、年齢などを理由にすぐに歩兵連隊へ異動となる。彼は訓練を経て、翌年の秋にドイツとの戦闘が行われていたフランス北部に行くよう命じられ、塹壕を守る前線任務に就いた。翌年の六月に短い休暇をもらい、兄、姉とともにロンドンのホテルに滞在し、そこで「戦争が終わったらシベリアで農地を買って暮らす」という希望を語ったが、その夢が叶うことがなかった。戦地に戻った彼は、その五ヶ月後の一九一六年十一月に最前線のフランス北部、ボーメンタルでドイツ兵に狙撃され死亡。四十五歳だった。

彼は戦地でも短編小説を書き続けており、それらは死後に発表された『四角い卵』に収録されている。

『ウィリアムが来た時』は、ドイツ帝国に敗北し占領されたロンドンを舞台に、懸命かつしたたかに生きる英国の人々の姿を、ウィットと皮肉に富んだ筆致で描く歴史IF小説である。

貴族の女性シシリーが自宅の吊り椅子に座り、美青年ロニーと鏡に映る自分の美貌を優雅に眺めるという場面からこの作品は始まる。快適で美しい屋敷で、上品な食事を楽しみ、美形の青年を囲う彼女は、自分が欲しいものを知り抜き、また多くを手に入れた女性だ。

彼女はゴーラ・マスターフォードという若い女性をスターに仕立て、活気がなくなってしまったロンドンを盛り上げる役目を担うことで、自分の社交界での地位を確固たるものにしようと計画していた。この敗戦で上流階級に多くの空席ができた現状は、またとない機会だったのだ。

ゴーラを使った一連のイベントは成功し、シシリーは社交界のホステスとして存在感を強めていく。すべてが美しく調和し、上手くいくように思えたが、その調和にわずかな乱れが生じる。それは夫であるヨービルの存在だった。

自然と狩猟を愛するヨービルはシベリアでマラリアに罹り、その後遺症を引きずりながら英国に帰ってくる。彼は、英国の敗戦について具体的な情報は何も知らずに帰国したので、様変わりしたロンドンに心を乱され、また、妻がこの変化を前向きに受け止めていることにも驚く。

ドイツ占領下のロンドンで生活を続けるヨービルにとっては、家の中にいても外にいても、敗戦という事実を突きつけられる日々だったが、ある日、トーリーウッドで隠居生活を送る旧友の女性に会いに行くことにする。政治家だった彼女はすっかり老いてしまったが、英国が立ち直るように、出会った人々を勇気づけ激励する、という地道な戦いを根気強く続けていた。しかし、占領下の状況に慣れつつあったヨービルには、彼女の熱心な言葉にどこか冷めた気持ちを抱くのだった。

シシリーの勧めもあり、趣味の狩猟を再開したヨービルは、素晴らしい馬と山小屋、また、そこで過ごす仲間にも恵まれ、彼が夢に描いた最高の幸せを手に入れていた。夫とともに今のロンドンで成功したいと考えるシシリーにとって、彼が現状に満足し始めたことはとても喜ばしいことだった。そして、彼が今の状況にすっかり慣れ、いつか自分に賛同してくれる日が来ることをシシリーは期待していた。

その一方では、英国を長い間支配できるよう、ドイツは英国の子供たちを取り込むことを考えていた。彼らをドイツ帝国に忠実な人間に育てるための手始めとして、大規模なボーイスカウトの閲兵式を企画した。たくさんの群衆がこの歴史的なイベントを目撃しようと押し寄せるが、予定の時刻になっても行進してくるボーイスカウトは現れない。群衆の中にはヨービルもいた。失敗することが確実になったこの式を眺める彼は、若い世代が新体制に抗っていることをこの時に悟る。彼は希望と自尊心を取り戻すと同時に、強者に簡単に迎合した自分の弱さを恥ずかしく思い、深い後悔の気持ちを抱いて涙を流すのだった。そして、現れることのない子供たちをこの場にいた人たちがいつまでも待っている、という場面で物語は終わる。

## 作品成立の背景

歴史ＩＦ小説『ウィリアムが来た時』は、厳密には文学史的に「侵攻小説（Invasion Literature）」というジャンルに属する作品である。「侵攻小説」とは後述する『ドーキングの戦い』から着想を得た作品一般を指すものである。よくあるプロットとしては、同時代の不穏な国内外の情勢をもとに外国からの起こりうる侵攻を描いたものが挙げられる。また、（作品成立当時における）近未来を舞台に設定しているのもその特徴である。

いわゆる「歴史改変小説」との違いは、「過去に実際にあった歴史」を改変するのではなく、「近未来の架空の出来事」を扱っているという点で異なる。ただし、現代の我々の視点からは、一種の「歴史改変小説」として読むこともできなくはない。

「侵攻小説」というジャンルは、一八七一年にジョージ・チェスニーが発表した『ドーキングの戦い』に端を発する。これは、侵攻してきたドイツ軍に英国軍が敗走、英国がドイツの一州となってしまうという内容を、英国側の義勇軍に参加した一市民の主人公が戦後五十年を経て孫に語る、というものである。ドイツ軍の脅威と英国の敗戦をリアリスティックに描くこの作品には、当時の読者の多くが恐怖し、作者の目論見通り、英国軍の近代化を求める世論が攻勢を強めた。また、この年以降、『ドーキングの戦い』に影響を受けた作品も多く登場した。「侵攻小説」の代表的な作品の一つにはH・G・ウェルズの『宇宙戦争』(一八九八年)やアースキン・チルダーズの『砂丘の謎』(一九〇三年)などが挙げられる。どちらの作品も出版当時の「現在」をもとに近未来を空想し、英国の危機を描いたものである。

サキが『ウィリアムが来た時』を発表した当時は、英国で「侵攻小説」がもっとも流行していた時代だった。例えば、ウィリアム・ル・キューの『一九一〇年の侵攻』(一九〇六年)は一〇〇万部売れたとされ、新聞王と呼ばれたアルフレッド・ハームズワースは新聞の販売地域の拡大のために、新聞を買ってもらいたい地域が侵攻される設定の連載小説をル・キューに書かせ成功をおさめた。国防に無関心な英国政府の失策により英国が取り返しのつかない事態に陥るという内容が好まれた当時の風潮を茶化して、P・G・ウッドハウスは九つもの強国に英国が同時に侵略される『急襲!』というコメディー作品を一九〇九年に発表している。

「侵攻小説」は一八七一年に誕生して以降、ヨーロッパやアメリカに輸出され、特にアメリカでは日露戦争以降、中国や日本を敵国にした作品が多く発表されている。また、日本においても第二次世界大戦が勃発する前にアメリカとの戦争を描く作品が多く書かれ、それらは「未来戦記」などと呼ばれている。ここにも「侵攻小説」の影響を見ることができるだろう。

『ウィリアムが来た時』に愛国心という一貫したテーマがあることに、眉をひそめる読者がいるのは想像に難くない。また、ヨービルがドイツ支配下で国際的になったロンドンを嫌う様子は、一部の現代の読者には受け入れがたい面もあるかもしれない。ウッドハウスは『急襲!』で「侵攻小説」の流行に真っ向から挑んだわけだが、サキはあえてその流行の中に飛び込んだ。サキの作風に鑑みれば、ウッドハウスのような批判的に突き放した姿勢の発揮こそ、一見すれば彼らしいものとも言えるだろう。しかし、サキは時代に迎合した平凡な作品を書くことはなかった。「侵攻小説」の枠組みの中でも、彼の批判精神は燦然とした輝きを放つのである。

英国が敗戦し、ドイツによる支配が進んでいた間、ヨービルは外国でマラリアにかかり病床に伏していた。この設定により、当時の英国の読者はヨービルと同じ目線で占領下のロンドンを見ることができただろう。ドイツ化されたロンドンを初めて目の当たりにするヨービルは、読者と同じく新たな体制下における初心者なのである。馴染み深いロンドンの有名な場所の数々が様変わりする描写は、おそらく多くの当時の読者に、傍観者としての立場を捨てさせ、自分たちの零落が起こりうるかもしれない、と興味を抱かせたことだろう。

ヨービルは第二章で初めて登場するが、彼はまだ全快してはいない。病気が治っていても読者目線としての役割は全うできるわけだが、そうはなっていない。彼は病気の後遺症と戦いながらロンドンの惨状を目の当たりにするのだ。これは、英国そのものとも似ている。英国が倒れた時はヨービルも倒れていた。そして英国が大きく揺れていた時、ヨービルは半生半死だった。新たな体制下で英国（国と言ってもドイツの一州に過ぎないが）が落ち着いた時、彼はようやく帰国できるまでに回復した。そして、ヨービルは帰国したものの戦う気力は残っておらず、ただ回復するために日々快適に暮らそうとしているのは、英国自体もそうであろう。

ヨービルを英国に喩えるならば、シシリーはさしずめドイツの統治政策を体現した人物と言える。彼女はドイツの支配を全面的に受け入れたわけではないし、英国がどうにか立ち直る機会を伺っていたのであるが、はからずとも、支配者側が望む通りの働きをするのだ。彼女はロンドンの社交界を盛り上げることで間接的にドイツの統治を助けるだけでなく、英国の象徴たるヨービルを懐柔し、その牙を抜こうとしている。ヨービルに趣味の狩猟を勧めるのは、被支配者となった現状を直視させないため、また、不満を忘れさせるためである。さらに、彼女はヨービルが反対しているなかで自分が成功しても無駄だと考えるが、これは、トブ伯爵夫人やクワル卿が、英国民が反対するなかで統治政策を進めても失敗すると考えていることとも一致するのである。「既成事実《フェ・アコンプリ》」に抵抗するすべもなく不満を抱くヨービルと、夫を段階的に慣れるよう導くシシリー。このようにバークシャー通り二十八番地に住む夫婦を英国とその支配を進めるドイツと読み替えても面白いだろう。

ただしもちろん、これは一つの読み方で、この家の中で起こっていることは、異なる愛国心の対立と見るのがおそらく素直な読み方だろう。

英国を鏡写しにしたようなヨービルは新体制には不満であるものの、それに刃向かうこともなく、なんとなく趣味を優先するようになる。人々を鼓舞するというのは、エレノア・グレイマーテン伯爵夫人が最後の力を振り絞った戦いだったが、そんな彼女の励ましの言葉でさえ彼には虚しく響くほどに、英国の現状や将来に無関心になっていく。彼の言葉には立派なものが多いが、その行動を追っていけば、情けないほどに消極的な主人公なのである。惨めな英国、新体制に媚びる上流階級の人々、情けない主人公、これだけの材料が揃えば読者に愛国心を鼓舞するための訴えかけも万全だろう。

しかしこのように、読者を鼓舞することに終始するのであれば、平凡な「侵攻小説」作品に過ぎない。

では、『ウィリアムが来た時』が平凡な「侵攻小説」と一線を画するのは、どのようなところだろうか?

順に挙げていくと、まずは政治家や上流階級への卓抜した鋭い皮肉、特に体裁よく気取った人間を皮肉る姿勢が挙げられる。これは短編作品でも馴染み深いサキの作品の醍醐味であり、本作『ウィリアムが来た時』でもこの姿勢は健在だ。作品の細かなところで言えば、爵位が与えられることになったピザビー、ダンサーもどきのゴーラ、作家のオーガスタ・スミス、マウスペース参事など、これらの人物の浅はかさが暴かれる描写は、読者を胸がすく気持ちにさせたり、笑いを誘ったりすることだろう。

しかし一方で、侵略者として描かれるドイツ人については、滑稽に見せたり、非人道的な人間に見せたりする工夫はなされていない。クワル卿やトブ伯爵夫人、ガーベルローツ中尉や名もなき騎兵隊の人々、彼らはいずれも威厳に満ちた人たちとして描かれている。サキは侵略者たる彼らへの軽蔑心や敵意を抱かせ、愛国心を喚起するという安直な手段には訴えないのだ。そのような愛国心は第十二章で登場する釣り人のそれと同質なのである。

次に、もう一つ挙げておきたい大きな皮肉は、作品内の男女の違いである。占領下のロンドンで戦っているのは、男ではなくシシリーを筆頭に女たちである。新たな体制下で閑散とした上流階級の様子を好機と捉え全力を尽くすシシリーは、夫の考え方を変えるべく努力をしているし、運よく社交界の大物になれたシャーレム夫人は夫を男爵(作品の最後では伯爵)にまで出世させた。前述したエレノア・グレイマーテンは英国と共に夢破れた老女でありながら、英国の再起に最後の力を振り絞って尽力しているし、移住した英国人の例として挙げられるケリック夫人は熱帯地方で慣れない生活に耐えながらイングランドの国旗に掲げる生活をしている。

この作品で描かれる戦う人たちは女たちなのである。一方で、男たちの多くは現状に不満を持つものの、行動には移さない。そのような中で、エレノアがヨービルに時の利は英国民にはなく、ドイツにあるのだから今すぐ行動すべきだと訴えたのは、作品内の男たち皆に向けた言葉とも取れるだろう。ヨービルは釣り人を口先だけの愛国者と考えたが、はたして彼も五十歩百歩なのではないだろうか？　彼は、英国の現状や敗戦を受け入れた人たちを批判的に考えるばかりで、なんら行動を伴わない。また、彼が支配者たるドイツの軍人にできるだけ遭遇しないように街を歩くのは、ただ問題を直視しないようにしているだけである。そんな主人公を筆頭に、この作品の男たちは状況が好転するのをただ待つだけなのである。その反面、たくましく生き抜こうとする女たちが生き生きと描かれるこの男女の違いが、男性主導の社会を信じて疑わない多数の人たちへの大きな皮肉となっているのではないだろうか。

そして最後にもう一つ、作品の細かな点ではなく、プロットそのものに効かせられた皮肉を取り上げておきたい。まずは、ドイツが英国に課す徴兵制に関する法律である。徴兵制の実施を長年拒否し続けた国民の意思を尊重して、英国民が武器を取ることを禁ずるというのは非常に巧みで痛烈な皮肉である。大陸の国々とは違い、英国は徴兵制を持たずに強国となったが、その英国人が固持していた誇りをサキは逆手に取り、見るも無残な情けないものへと変えたのだ。この皮肉を思いついたがために、彼はこの作品を書こうと思ったのではないかと勘ぐりたくなるくらいよくできている。

「侵攻小説」は作品発表当時の世界・国内情勢を背景に近未来を空想、あるいは予測することが多く、短命であるのが一般的だが、『ウィリアムが来た時』に関してはその流れからは外れている。それは、この作品が愛国心という複雑で、どの時代でも問題となりうるテーマを多面的に、そして、登場人物やプロットなどへの巧みな皮肉と織り交ぜながら扱っていることも関係しているだろう。ドイツの支配を受け入れる人、英国から出ていく人、何もせずにただ不満を抱くものなど、それらを愛国心の発露とみることもできれば、その逆にみることもできる。そんな不確かな感情を持つ人間がそれぞれの利益を求め、行動する姿は、時代に左右されず興味深いものであるし、それがサキというフィルターを通して描かれるのであれば、なおのことである。また、社会的強者をさまざまな比喩を駆使し冷酷なまでに滑稽に描くその文章そのものにも、色あせない魅力がある。

そして本作はまた、とりわけ日本の読者にこそ訴えるところがある作品だと訳者は考える。なぜならば、サキが思い描いた「侵攻」が、英国ではなくまさしく日本で実際に起きたと言えるからだ。強国だったが制海権と制空権を奪われ、物理的な反撃が不可能な状況に陥った島国、というのはまさに七十余年前の日本そのものである。しかし、作品の結末とは違い、日本の若い世代は支配者たるアメリカを受け入れた。これは、クワル卿に言わせれば、支配するための盤石な土台が築かれたということだろう。第八章では、征服された民族は大きな志を持たなくなり、日常の些細なことに注力するようになって、結果的に楽観的で快楽を優先する気風になるとも語られるが、昭和二十年以前と以降とでは日本は本質的に変わったのだろうか。また、今の日本はアメリカの影響を受けたことにより何を得て何を失ったのだろうか。『ウィリアムが来た時』は我々日本の読者にこそ、より多くの問いを投げかけてくれる作品ではないだろうか。

## おわりに

訳者がサキの作品に初めて触れたのは、この作品でした。普通は短編作品から入るものだと思いますが、その点、僕は変わった入り方をしたようです。十年ほど前から「侵攻小説」を研究しており、このジャンルの作品を色々読んでいくなかで、たどり着いたのがこの『ウィリアムが来た時』だったのです。十九章あるこの作品の一章一章には違った面白さがあり、思わず声に出して笑ってしまうような人間の滑稽さだけでなく、英国の自然のありありとした描写やそこに息づく動物たちが生き生きと描かれる場面などには心温まる気持ちになり、ヨービルのように田舎暮らしを夢想したほどです。また、敗戦して、陸海空とすべての軍事力を失った島国がどう反撃できるかを考察する内容は、大変斬新で日本の戦後に通じる興味深いものだとも思いました。これまで和訳されていなかったことを知り、いつか翻訳出版したいと思いながらもなかなか手をつけられずに数年の時間が経ってしまいましたが、こつこつと翻訳を続け、ようやく刊行が実現いたしました。

翻訳作品があまり売れないと言われる昨今、本作品の出版を決断して下さった国書刊行会の清水範之さん、ありがとうございました。また、編集を担当された伊藤昂大さんには、丁寧なアドバイスをし続けていただき、感謝しきれないほどです。さらに、翻訳作業を日々進めていくのに、僕のスケジュールを管理し、いつも励ましてくれた伴侶のトレイシーにもこの場を借りてお礼を言いたいと思います。翻訳作業、また、念願だった出版までの道のりは長くて骨の折れるものでしたが、その道中はとても幸せで恵まれた時間でもありました。

末筆ながら、読者の皆さま、ここまでお付き合い下さりましたこと、感謝いたします。

令和元年六月

**サキ　Saki**
イギリスの作家。本名ヘクター・ヒュー・マンロー。1870年英国領ビルマ生まれ。1896年からは文筆家を目指しロンドンに居を移し、1899年以降、多くの短編小説を新聞などで発表。「短編の名手」として知られ、多くの読者に愛されている。第一次世界大戦に志願兵として出征し、1916年死去。

**深町悟　ふかまち さとる**
1980年福岡県生まれ。同朋大学文学部専任講師。広島大学文学研究科博士課程後期修了（文学博士）。日本学術振興会特別研究員、島根大学外国語教育センターを経て、2018年から現職。ヴィクトリア朝末期の世紀末小説、侵攻小説、オスカー・ワイルドやヘンリー・ジェイムズなどを研究。

# ウィリアムが来《き》た時《とき》

## ホーエンツォレルン家に支配されたロンドンの物語

**サキ　　著**
**深町悟　訳**

2019年6月25日　初版第1刷　発行
ISBN　978-4-336-06356-4

---

発行者　佐藤今朝夫
発行所　株式会社国書刊行会
〒174-0056　東京都板橋区志村1-13-15
TEL　03-5970-7421
FAX　03-5970-7427
HP　http://www.kokusho.co.jp
Mail　info@kokusho.co.jp

---

印刷・製本　中央精版印刷株式会社
装幀　山田英春

## 英国怪談珠玉集

南條竹則編訳

A5判／五九二頁／六八〇〇円

英国怪談の第一人者が半世紀に近い歳月を掛けて選び抜いた、イギリス怪奇幻想恐怖小説の決定版精華集。シール、マッケンなど二十六作家の作品三十二編を一堂に集める。既訳作品も全面改訂、磨き上げられた愛蔵版。

## 死者の饗宴　ドーキー・アーカイヴ

ジョン・メトカーフ／

横山茂雄・若島正監修／横山茂雄・北川依子訳

四六変型判／三二〇頁／二六〇〇円

二十世紀英国怪奇文学における幻の鬼才、知られざる異能の物語作家、ジョン・メトカーフ。不安と恐怖と眩暈と狂気に彩られた怪異談・幽霊物語・超自然小説の傑作を集成する本邦初の短篇集がついに登場！

## 探偵小説の黄金時代

マーティン・エドワーズ／森英俊・白須清美訳

A5判／四六〇頁／四六〇〇円

一九三〇年、チェスタトンを会長とし、セイヤーズ、バークリー、クリスティーらが結成した〈ディテクション・クラブ〉の歴史を通して、英国探偵小説黄金時代の作家群像を生き生きと描き、MWA賞に輝いた話題作。

## 新しきイヴの受難

アンジェラ・カーター／望月節子訳

四六判／二六四頁／二四〇〇円

野蛮な力が遍在する世界を舞台に繰り広げられるイヴの奇妙奇天烈な冒険と遍歴を、ブラックユーモア、エログロナンセンス、アイロニーをちりばめて描いた、英国マジック・リアリズムの旗手による新たな預言の書。

## JR

ウィリアム・ギャディス／木原善彦訳

A5判／九四〇頁／八〇〇〇円

【第五回日本翻訳大賞受賞作】十一歳の少年JRが巨大コングロマリットを立ち上げ、世界経済に大波乱を巻き起こす――⁉　殊能将之熱讃の世界文学史上の超弩級最高傑作×爆笑必至の金融ブラックコメディ!!!

## ショーペンハウアーとともに

ミシェル・ウエルベック／アガト・ノヴァック＝ルシュヴァリエ序文／澤田直訳

A5変型判／一五二頁／二三〇〇円

《世界が変わる哲学》がここにある――現代フランスを代表する作家ウエルベックが、十九世紀ドイツを代表する哲学者ショーペンハウアーの「元気が出る悲観主義」の精髄をみずから詳解。その思想の最奥に迫る！

## 怪奇骨董翻訳箱

**ドイツ・オーストリア幻想短篇集**

垂野創一郎編訳

A5判／四二〇頁／五八〇〇円

ドイツが生んだ怪奇・幻想・恐怖・耽美・諧謔・綺想文学の、いまだ知られざる傑作・怪作・奇作十八編を収録。ほとんど全編が本邦初訳となる、空前にして絶後の大アンソロジー。美麗函入。

## 愛なんてセックスの書き間違い

ハーラン・エリスン／若島正・渡辺佐智江訳

四六変型判／三六八頁／二四〇〇円

カリスマSF作家エリスンはSF以外の小説も凄い！初期の非SF作品を精選、日本オリジナル編集・全篇初訳でおくる暴力とセックスと愛とジャズと狂気と孤独と快楽にあふれたエリスン・ワンダーランド。